SILKE HORVATH

DIE FÜNF STERNE DER MACHT

Silke Horvath

Die fünf Sterne der Macht

Impressum

Bibliografische Information der Deutschen Nationalbibliothek. Die Deutsche Nationalbibliothek verzeichnet diese Publikation in der Deutschen Nationalbibliografie; detaillierte bibliografische Daten sind im Internet über http://dnb.dnb.de abrufbar.

Satz, Schlusskorrektur, Herstellung und Verlag:
BoD – Books on Demand, Norderstedt

Coverdesign, Bildgestaltung: Jasmin Atzinger
@soulbooks_coverdesign

Lektorat/Korrektorat: Dara Berbig
@lektorat_eichenblatt

Bisher von der Autorin erschienen: „Lucy und der Zeitroboter"
Science-Fiction Abenteuer ab 9 Jahre ISBN 978-3-7583-5800-5

Instagram: @timebubbles.books
www.timebubbles.de

Mitglied im Selfpublisher-Verband

ISBN: 978-3-7597-2513-4

Luft

Seele

Feuer

Wasser

ERDE

Für Joyce, Charlotte, Ella, Leanne und Hannah

*Ihr seid meine persönlichen fünf Sterne, die
heller strahlen als alle anderen!
Dies ist meine Hommage
an eure Freundschaft.*

Prolog

„Steine, ein Glas Wasser, mein Taschenventilator – was noch?" Die junge Lehrerin blickt hektisch auf den Bildschirm ihres Laptops. In den düsteren Turm scheint nur der Vollmond durch die schmale Öffnung einer alten Schießscharte. Der Wind pfeift durch die dünnen Ritzen in den Mauern, die in den längst vergangenen Zeiten der Burg Ausgucke für mögliche Feinde gewesen waren. Mrs. Wegener, die Oberstudienrätin der St. Mary's Boarding School, ist trotz ihrer Position noch jung und besticht durch ihre sportliche Erscheinung. Ihre langen dunklen Haare sind sorgfältig zu einem straffen Dutt hochgesteckt und eine einzelne Locke umspielt sanft ihre Schläfe. Ihre Kleidung ist eine gelungene Mischung aus Modernität und Konservativität. Die klaren Linien und dezenten Farben spiegeln sich in ihrem stilsicheren Auftreten wider. Sie weiß, dass niemand diesen verlassenen Turm betreten wird. Es gibt zwar noch einen zweiten Turm, aber auch der ist nur durch eine verborgene Geheimtür zu erreichen, die es erst einmal zu finden gilt. Ein leises Schmunzeln huscht über ihre Lippen, als sie an die vier Schülerinnen denkt, die sich nachts heimlich dorthin schleichen und glauben, noch von niemandem entdeckt worden zu sein. Mrs. Wegener amüsiert sich köstlich über die Geschichte der vier heimlichen Abenteurerinnen. Schließlich war auch sie einmal jung und außerdem vermutet sie, dass die Mädchen vielleicht eine Schlüsselrolle spielen könnten, um das drohende Unheil von der Schule abzuwenden.

„Ah, eine Kerze!", ruft sie plötzlich, den Blick auf ihren Laptop geheftet. Langsam dreht sie sich in dem kleinen runden Raum um und beginnt, ihre Umgebung abzusuchen.

Wenn mich jetzt jemand beobachten würde, käme er wahrscheinlich zu dem Schluss, dass ich den Verstand verloren habe, denkt sie amüsiert, während sie auf die alte, verwitterte Holztür zugeht. Sie achtet darauf, nicht auf das Pentagramm zu treten, das sie zuvor mit Kreide, mit der Spitze nach Norden zeigend, sorgfältig auf den Steinboden gemalt hat– genauso wie es in der Anleitung zu ihrem Projekt im Internet beschrieben steht. Mit einem leisen Quietschen öffnet sie die alte Holztür und schaut die geschwungene Steintreppe hinunter. Wie ein sanfter Hauch durchströmt sie die Erinnerung: In einer Mauernische über dieser Treppe stand einmal ein kleiner Kerzenstummel.

Vielleicht haben die ehemaligen Bewohner des umgebauten Schlosses hier ihre verborgenen Schätze versteckt, sinniert die Lehrerin nachdenklich. Beim

14

Anblick des kleinen Rests einer Kerze, den sie nun tatsächlich entdeckt hat, muss sie lächeln. Verstaubt und vergessen muss dieses Relikt aus der Vergangenheit hier schon eine Ewigkeit stehen.

So, das wird reichen, denkt sie entschlossen, löst den Wachsstummel vorsichtig vom Stein und eilt zurück in die dunkle, kalte Turmstube. Mit flinken Bewegungen platziert sie vier der fünf Gegenstände an den Enden des Pentagramms und entzündet mit dem mitgebrachten Feuerzeug die kleine Kerze. Die etwas kitschige Marienstatue stellt sie ganz oben auf die Spitze, die nach Norden zeigt. Ihr konzentrierter Blick wandert zurück zum Laptop.

„Was nun?", murmelt sie leise und studiert noch einmal die Anweisungen. Ein Moment des Innehaltens überkommt sie und sie überlegt kurz, das Vorhaben nicht in die Tat umzusetzen. Wie kann sie, die rationale Denkerin, nur an so einen Unsinn glauben?

Kann das überhaupt funktionieren?, fragt sie sich zweifelnd, *normalerweise würde ich das alles als übernatürlichen Unsinn abtun.* Sie schüttelt ihre Bedenken ab. *Aber dies ist keine gewöhnliche Situation.*

Die Erinnerung rückt wieder in den Mittelpunkt ihrer Gedanken. Das Grauen, das ihr fast den Atem geraubt hatte, zeichnet sich deutlich vor ihrem inneren Auge ab. Ein schmerzhafter Kloß bildet sich in ihrer Kehle, als sie sich wieder an das Unfassbare erinnert, das sich ihr im Kellergewölbe hinter den leeren

Fässern mit schottischem Whisky offenbart hatte. Ein unwillkürlicher Schauer läuft ihr über den Rücken, und sie kämpft darum, die aufsteigende Panik zu unterdrücken.

„Verlier' jetzt nicht die Nerven", ermahnt sich Mrs. Wegener entschlossen, fast zornig. Sie zwingt sich, die beängstigenden Erinnerungen auszublenden und sich auf ihre aktuelle Aufgabe zu konzentrieren.

„Fokussiere dich jetzt!" Sie liest die Anleitung noch einmal genau durch und prägt sich die drei entscheidenden Worte gut ein.

„LIGNIJE, PONTIFÄEE, OBSTRACURÄE", liest sie leise vor und wiederholt die Begriffe mehrmals, um die richtige Aussprache zu üben. Dann wendet sie sich dem Pentagramm zu, geht langsam im Kreis herum und flüstert leise: „LIGNIJE, PONTIFÄEE, OBSTRA-CURÄE. LIGNIJE, PONTIFÄEE, OBSTRACURÄE!" Plötzlich spürt sie, wie sich eine wohlige Wärme in ihrer Brust ausbreitet– begleitet von einer nie gekannten Euphorie, die in ihr aufsteigt. Ihr Flüstern wird lauter, ihre Schritte werden schneller, während sie immer wieder die Worte wiederholt: „LIGNIJE, PON-TIFÄEE, OBSTRACURÄE!"

Die Dunkelheit des Turmzimmers scheint sich zu verändern, ein sanftes Licht beginnt sich um sie herum auszubreiten. Mrs. Wegener spürt, wie sich etwas Ungreifbares in der Luft zu manifestieren scheint, als würden die fremden Begriffe selbst eine Energie

freisetzen, die die Grenzen zwischen Realität und Fantasie verschwimmen lässt. Dennoch sammelt sie sich und konzentriert sich weiter. Ihre Stimme wird klarer und kräftiger, die Worte scheinen nun einen fast melodischen Klang anzunehmen: „LIGNIJE, PONTIFÄEE, OBSTRACURÄE!"

Der Raum um sie herum beginnt zu vibrieren, eine Spannung erfüllt die Luft und sie spürt, dass sie an einem Wendepunkt steht. Ihre Entschlossenheit ist stärker denn je und sie weiß, dass sie bereit ist, den nächsten Schritt zu tun: in eine Welt einzutauchen, die jenseits dessen liegt, was sie bisher für möglich gehalten hätte. Augenblicklich überkommt sie eine ekstatische Freude und sie bricht fast in hysterisches Gelächter aus. Ein unbändiges Feuer brennt in ihr, während sie mit weit ausgebreiteten Armen immer wieder die drei Worte spricht. Tränen füllen ihre Augen, als sie die Intensität des Gesprochenen spürt. Voller Inbrunst und mit kräftiger Stimme schmettert sie die drei magischen Worte in das kleine Turmzimmer, das nun von immer hellerem Licht erfüllt wird, das von dem nun glühenden Pentagramm am Boden ausgeht.

Die fünf aufgestellten Objekte beginnen zu zittern, ein unhörbares Flüstern der Energien. Mit geschlossenen Augen und ausgebreiteten Armen steht Mrs. Wegener am Rande des Turmzimmers und sieht nicht, wie sich die Objekte fast synchron und mit zitternder

Anmut langsam in die Lüfte erheben. Schließlich schweben sie kaum einen Meter über dem Boden im Schein des geheimnisvollen Glimmens. Sie reißt die Augen weit auf und sieht eine völlig veränderte Szenerie in dem kleinen kahlen Raum. Das einstige Pentagramm leuchtet in schimmerndem Grün und wirft nun sein Licht in jeden Winkel. Die flimmernden Linien scheinen die Dunkelheit zu durchbrechen. Durch die schmalen Fensteröffnungen dringen gleißend die Strahlen des Mondlichts. Die Gegenstände, das Wasserglas, die Steine, der kleine Ventilator, die Kerze und die Marienstatue, schweben majestätisch über ihren ursprünglichen Plätzen in der Luft. Überwältigt von der Kraft des Augenblicks richtet sie ihren Blick zur Decke des Turmzimmers. Ein letztes Mal ruft sie mit tiefer, fester Stimme: *„LIGNIJE, PONTIFÄEE, OBSTRACURÄE!"*

Plötzlich entsteht in der Mitte des Pentagramms ein schillernder, grünlich-blauer Blitz. Mit einer Intensität, die den Raum erfüllt, schießt dieser nach oben, durchschlägt krachend das Turmdach und entlädt sich in der Unendlichkeit des Nachthimmels. Ein Zischen durchzieht die Luft, gefolgt von einem elektrostatischen Knall. Aus dem Zentrum des Pentagramms breitet sich eine gewaltige Druckwelle in alle Richtungen aus. Sie rollt über das gesamte Gelände des alten Schlosses, über den Fluss und schließlich über die Brücke, die das Schloss mit der Hauptstraße

nach Falkirk verbindet. Erschöpft und kraftlos sinkt Mrs. Wegener zu Boden. Ein Flüstern entweicht ihren Lippen: „Es ist vollbracht.“

Atemlos verliert sie das Bewusstsein.

rschöpft wartet Julie am Gepäckband, das sich quietschend in Bewegung setzt. Der Flughafen von Edinburgh ist größer und weitläufiger, als sie erwartet hat. Schließlich ist Schottland viel kleiner als die USA, aus denen sie gerade erst gekommen ist. Dennoch wirkt dieser Flughafen vernachlässigt und etwas altmodisch. Ein Gedanke schießt ihr durch den Kopf: *Eine Renovierung wäre hier dringend nötig.* Ihr Blick schweift umher, während sie sich eine Strähne ihres viel zu langen Ponys aus den Augen streicht. Ärger macht sich in ihr breit.

„Ich sollte wirklich über eine neue Frisur nachdenken", murmelt sie vor sich hin. *Dieser ganze Emo-Look war wohl doch eine ziemlich dumme Idee.* Julie hatte sich in Miami einer Gruppe von Emo-Punks angeschlossen, um sich gegen ihre Eltern aufzulehnen.

Ein Lächeln umspielt ihre Lippen, als sie daran denkt, wie stolz sie auf ihre kleine Rebellion ist. Für diesen aufsässigen Akt hat sie ihr einst schönes, langes erdbeerblondes Haar kurz geschnitten und tiefschwarz gefärbt, so dass ihr der lange Pony immer ins Gesicht fällt. Dieser Effekt ist gewollt. In der Emo-Szene spielt es eine entscheidende Rolle, den extrem emotionalen Standpunkt für jedermann sichtbar zu machen. Fast zeitgleich mit dieser Frisurenänderung hatte sie all ihre Kleider in Plastiksäcke gepackt und sie großzügig der örtlichen Heilsarmee gespendet. Mit der Kreditkarte ihres Vaters hatte sie sich dann einen völlig neuen Kleidungsstil zugelegt, ganz im Zeichen ihres neuen alternativen Stils.

Julie selbst empfindet ihre Verwandlung als unangenehm, aber der Ausdruck des Entsetzens in den Augen ihrer Mutter, als sie sie zum ersten Mal in ihrem neuen Look sah, war unbezahlbar gewesen. Ein Schwall sinnloser Fragen war auf sie niedergeprasselt, doch die ließ sie in Emo-Manier unbeantwortet. Dennoch hatte sie ihr Ziel erreicht: Für einen flüchtigen Moment, bis der erste Schock verflogen war, hatte ihre Mutter sie wirklich wahrgenommen. Dieses kurze Aufflackern von Aufmerksamkeit war ihr jede Missachtung wert gewesen. Negative Aufmerksamkeit war besser als gar keine. Seit sie vier Jahre alt war, hatte ihr Vater nur seine millionenschwere Baufirma im Kopf, während ihre

Mutter ständig neue Termine beim Schönheitschirurgen vereinbarte. Doch Julies Aussehen ist ihr selbst völlig egal. Sie hätte alles dafür gegeben, wenn ihre Mutter nur einmal zugehört, sich Zeit genommen oder einfach nur gesagt hätte, dass sie sie liebt. Vielleicht hätte sie sogar mit ihrer Mutter über diesen schicksalhaften Tag sprechen können, der ihr ganzes Leben auf den Kopf stellte. Doch dieser Wunsch blieb unerfüllt. Sicher, der Wohlstand war durch die florierende Firma des Vaters gesichert worden und finanzielle Sorgen hat es für Julie und ihre Familie nie gegeben, aber was bedeutet das schon, wenn man für die eigenen Eltern völlig unwichtig ist?

Warum haben sie mich überhaupt bekommen?, sinniert sie niedergeschlagen. Ihr Blick fällt auf die erschöpfte Frau gegenüber, die ein kleines Baby auf dem Arm trägt. Ein müdes Schmunzeln huscht über Julies Lippen, während sie das Geschehen am Kofferband beobachtet. Die beiden hatten im Flugzeug nur wenige Sitze von ihr entfernt in derselben Reihe gesessen. Das Baby hatte während des dreizehnstündigen Fluges geschrien, eine ununterbrochene Kakophonie, die in Julies Ohren widerhallte. Einige Mitreisende hatten ungehalten ihren Unmut über das anhaltende Geschrei des Babys geäußert.

Aber was hätte die Mutter tun sollen?, überlegt Julie. *Dem kleinen Schreihals den Mund stopfen, damit endlich Ruhe ist?* Jetzt sitzt der ehemalige Schreihals fröhlich glucksend in einem Babysitz, der auf dem Gepäckwagen Platz gefunden hat. Die Mutter hingegen hört müde die Nachrichten auf ihrem Mobiltelefon ab, während Julies Gedanken zu ihrem eigenen Handy wandern. Sie zieht es aus der hinteren Hosentasche und wirft einen Blick auf das Display – keine neuen Nachrichten.

Typisch, denkt sie traurig. Nach der Landung hatte sie ihrer Mutter eine Nachricht geschrieben. Diese hatte die Nachricht gelesen, aber nicht geantwortet. Langsam füllt sich das Band mit Gepäckstücken in allen Größen und Farben. Julie schaut sich neugierig um, auf der Suche nach ihrem schwarzen Rimowa-Koffer. Das Gepäckstück war ein Geschenk ihres Vaters gewesen, als er ihr die überraschende Nachricht überbrachte, dass sie auf dieses Mädcheninternat im schottischen Falkirk geschickt werden sollte.

„Falkirk liegt direkt am Forth River", hatte ihre Mutter begeistert erzählt. „Die Gegend ist so malerisch!"

„Ihr könnt ruhig zugeben, dass ihr mich loswerden wollt!", hatte Julie laut schreiend erwidert. Angesichts der Gleichgültigkeit, die ihre Eltern in den letzten Jahren an den Tag gelegt hatten, war diese jüngste Entwicklung allerdings keine allzu große Überraschung.

Ihr Vater hatte mit dem Handy in der Hand geantwortet: „Julie, die Saint Mary's Boarding School ist eine angesehene Einrichtung mit erstklassigen Lehrern. Du solltest dankbar sein, dass wir dir diese

24

Chance geben. Mit einem Abschluss von dieser Schule stehen dir die Türen zu Universitäten auf der ganzen Welt offen."

„Danke, Daddy, dass du mich auf eine Schule schickst, die so weit weg von meinen Freunden und meinem Leben ist", hatte Julie mit zuckersüßer Stimme nachgeahmt.

„Stellst du dir so Freunde vor? Die in ihren zerrissenen schwarzen Klamotten herumlaufen und Bier und Drogen konsumieren?", war ihre Mutter mit einem sarkastischen Unterton fortgefahren. „Es gibt viele Kinder, die für den Lebensstil, den wir dir bieten, dankbar wären."

„Ich will keinen Lebensstil, ich will euch! Wenn ihr nur einmal auf mich hören würdet, wüsstet ihr das!", war Julie herausgeplatzt. Hastig war sie aufgesprungen und musste gegen die aufsteigenden Tränen ankämpfen.

„Nein, wir können den Termin so lassen. Ich bin in einer halben Stunde da", hatte ihr Vater in sein Telefon gesprochen und seine Gedanken schienen bereits abgedriftet zu sein. Das war jetzt drei Monate her. Jetzt stand sie hier, am Anfang ihres neuen Lebens als schottische Schlossprinzessin. Im Emo-Look!

Ihr Blick fällt auf ihren Koffer, den sie vom Gepäckband nimmt, bevor sie zum Ausgang eilt. Vor ihr schiebt die junge Mutter ihren vollgepackten Kofferwagen; das Baby hat sie auf den Arm genommen. Die automatischen Türen öffnen sich und zusammen mit anderen Reisenden betreten sie die Ankunftshalle des Flughafens. Julies Aufmerksamkeit wird von der Szene vor ihr gefesselt: Die Frau mit dem Baby wird von einem jungen Mann, vermutlich ihrem Ehemann, begrüßt. Er küsst sie leidenschaftlich, umarmt sie innig und wendet sich dann mit einem liebevollen Lächeln dem fröhlich quietschenden Baby zu. Überwältigt von seiner Zuneigung überhäuft er sein Kind mit zärtlichen Küssen. Wehmut überkommt Julie, als sie die harmonische Familie beobachtet.

Die einen freuen sich, ihr Kind wieder zu haben, die anderen sind erleichtert, es los zu sein, denkt sie bitter.

Ein erneuter Blick auf ihr Handy bestätigt ihr, dass ihre Mutter immer noch nicht auf ihre Nachricht reagiert hat. Ein Seufzen entweicht ihr, als sie das Telefon wieder in die Tasche steckt. Etwas weiter hinten in der Ankunftshalle entdeckt sie einen Mann im schwarzen Anzug, der ein Tablet in der Hand hält. Darauf steht in großen schwarzen Buchstaben JULIE WINTERS.

Mein Chauffeur, schießt es ihr durch den Kopf. *Jemand, den man mit Geld bezahlen kann. Das haben sie arrangieren können.* Sie wischt sich nochmal die lästige Strähne aus den Augen, strafft die Schultern und geht auf den Fahrer zu, den ihre Eltern bestellt haben. Der schlanke, gepflegte Mann mit einem dezenten Lächeln empfängt sie freundlich. Sein schwarzer Anzug strahlt Professionalität aus, während seine höfliche Zurückhaltung eine gewisse Vertrautheit vermittelt.

„Willkommen in Schottland, Ms. Winters", begrüßt er sie und nimmt ihr den Koffer ab. „Ich hoffe, Sie hatten eine angenehme Reise?"

Julie lächelt leicht, obwohl sie noch immer von den emotionalen Strapazen der letzten Tage gezeichnet ist.

„Ja, danke. Der Flug war in Ordnung." Der Fahrer nickt und führt sie zum wartenden Auto, während er den Regenschirm über sie hält. Der Regen hat etwas nachgelassen, aber die Luft ist immer noch feucht und kühl.

„Das Wetter kann hier ziemlich unberechenbar sein", sagt er. Julie setzt sich auf den Rücksitz und schnallt sich an.

„Ich habe gehört, dass die schottische Landschaft wunderschön sein soll", versucht sie das Gespräch in Gang zu halten, um unangenehmem Schweigen vorzubeugen.

„Das stimmt", antwortet der Fahrer und startet den Motor. „Schottland hat viele faszinierende Orte zu bieten. Ich hoffe, Sie werden Ihre Zeit hier genießen." Sie nickt und lehnt sich zurück. Das kurze Gespräch hat sie ein wenig aufgemuntert und sie freut sich jetzt darauf, mehr von dieser neuen Umgebung zu entdecken. Sie setzt ihre Bluetooth-Kopfhörer auf und ihre Lieblings-Playlist erfüllt ihre Ohren. Während der Fahrt lässt sie ihren Blick über die vorbeiziehende Landschaft schweifen. Die schottische Vegetation ist noch beeindruckender, als sie es sich vorgestellt hat. Als

Kind war sie mit ihren Eltern und ihrem damaligen Kindermädchen an der irischen Westküste im Urlaub gewesen. Natürlich in einem pompösen Fünf-Sterne-All-Inclusive-Wellnesshotel direkt an der Steilküste mit Blick auf die raue Irische See. Sie erinnert sich, dass sie auf solchen Reisen meist mehr Zeit mit ihrem Kindermädchen verbracht hat als mit ihren Eltern, die nur von einer Ayurveda-Behandlung zur nächsten gehetzt waren. Ihr Vater jedoch immer mit dem Handy am Ohr, tief versunken in geschäftliche Gespräche. Selbst inmitten der irischen Landschaft schien er in einem unsichtbaren Büro zu residieren, umgeben von virtuellen Zahlen und Plänen. Die Wildheit der Natur prallte an ihm ab, während er unbeirrt in die Welt der Geschäfte eintauchte.

Die schottische Natur verzaubert Julie, während sie die erhabenen, von leichtem Nebel umhüllten Highlands erblickt, deren sanfte Hügel sich in einem endlosen Grünton erstrecken. Zwischen den weiten offenen Feldern und Tälern schlängeln sich kristall-klare Bäche, dabei zeichnen sich im Hintergrund die schroffen Gipfel der Bergketten gegen den Himmel ab. Das Spiel von Licht und Schatten, das über die wilden Landschaften tanzt, verleiht ihnen eine mystische Stimmung, die Julie sich fühlen lässt, als ob sie in eine andere Welt eintauchen würde. Schottland präsentiert sich ihr viel rauer, spannender und irgendwie noch ursprünglicher als Irland in ihrer Erinnerung. Sie

spürt eine sofortige Verbundenheit zu diesem Land, eine Verbindung, die tiefer und älter ist als die zu ihrer Heimat Florida.

Es ist hier eigentlich ganz schön, denkt sie, während sie den Blick über einen großen See schweifen lässt, *wären da nicht der Regen und die Kälte.* Zwischen den noch leichten Nebelschwaden über dem Wasser und dem satten Grün erkennt sie eine Magie, die trotz des ungemütlichen Wetters eine tiefe Anziehungskraft auf sie ausübt. Durch die vorbeiziehende Wildnis aus Felsen und Mooren empfindet sie eine Ruhe, die in den geschäftigen Sphären ihres Vaters und seinen immerwährenden Telefonaten nicht existiert. Die knapp dreißigminütige Autofahrt nach Falkirk verläuft reibungslos. Nachdem sie die Autobahn verlassen haben, gleitet der Wagen über eine kleine Straße, deren Seiten von bunten Wildblumen gesäumt sind. Die Sonne schiebt sich vorsichtig zwischen den grauen Wolken durch und vor ihnen breitet sich ein atemberaubender Anblick aus – ein ausladender Fluss, der sich wie ein silbernes Band durch die üppige Landschaft windet. Die Ufer des Forth River sind von niedrigen Hügeln eingefasst, auf denen die Farbpracht der Wiesen in harmonischem Kontrast zu den dunklen Schatten der umliegenden Bäume steht. Die Straße, auf der sie fahren, führt direkt auf eine alte, schmale Steinbrücke zu, deren jahrhundertealte Steine die Geschichten früherer Zeiten zu erzählen scheinen. Julie kann das

Flüstern der Vergangenheit förmlich hören, während das Auto behutsam auf die alte Brücke zurollt. Es eröffnet sich ein einzigartiger Blick auf den im Sonnenlicht glitzernden Fluss und dahinter auf eine sich daraus erhebende Halbinsel. Sie lehnt sich leicht in die Mitte der Rückbank, um besser durch die Windschutzscheibe sehen zu können.

Forth River, denkt sie, während sie in Gedanken ein Grinsen nicht unterdrücken kann, *in der Tat sehr malerisch.* Geschickt lenkt der Fahrer den Mercedes über die schmale Brücke, die hinter dem Torbogen zu einem riesigen Anwesen führt, das von hohen, alten Wehrmauern umgeben ist. Die Pflanzen, die vereinzelt aus den Ritzen der steinernen Brückenmauer wachsen, wiegen sich im sanften Wind, als wollten sie Julie bei ihrer Ankunft auf dieser Halbinsel begrüßen. Die Schmalheit der Brücke verstärkt in ihr das Gefühl von Intimität – als würden sie durch ein Tor in eine andere Welt treten. Während der Fahrer die Limousine behutsam über die Verbindung zur Insel lenkt, versucht Julie einen Blick auf das Gebäude zu erhaschen, das sie hinter dem engen Torbogen erkennen kann. Am Ende der schmalen Steinbrücke eröffnet sich ein großer Innenhof. Die Saint Mary's Boarding School liegt vor ihnen und fast erwartet man, ein Burgfräulein majestätisch aus dem Gebäude schreiten zu sehen. Die steinernen, mit Efeu bewachsenen Wehrmauern, die sich links und rechts erstrecken, wirken wie stille

30

Wächter, die das gesamte Gelände umschließen. Sie lässt die imposante Kulisse auf sich wirken, während der Wagen langsam in den Innenhof rollt.

Julie bestaunt das riesige Haupthaus der mittelalterlichen Burg, aus deren hinterer Mitte zwei hohe Türme emporragen. Zur linken und rechten Seite erstrecken sich kleinere runde und rechteckige Nebengebäude, die alle auf geheimnisvolle Weise miteinander verbunden zu sein scheinen. Das alte Gemäuer hat im Laufe der Zeit wohl Renovierungen erfahren. Sie kann moderne Fenster erkennen, die zweifellos nicht zur Zeit des ursprünglichen Baus existiert haben können. Dennoch ist die Außenfassade aus grauen altertümlichen Steinen größtenteils erhalten geblieben und das Gemisch aus Vergangenheit und Gegenwart verleiht der Burg ein zeitloses Aussehen. Der Fahrer stoppt die Limousine vor den eindrucksvollen Steinstufen des großen zweiflügeligen Eingangstores aus dunklem Holz und gusseisernen Beschlägen und steigt eilig aus, um höflich die Wagentür für Julie zu öffnen. Sie ist angespannt, als sie aussteigt und die Stufen empor zum Eingang blickt. Durch das massive Eingangstor nähert sich, mit eiligem Geklapper ihrer hochhackigen Schuhe, eine Frau mittleren Alters mit einem freundlichen Lächeln auf den dezent geschminkten Lippen. Unsicherheit überkommt Julie. Was, wenn ihre Emotionen außer Kontrolle geraten? Was, wenn jemand Zeuge wird, wie sie die Fassung verliert, und alle sehen, was dann geschieht? Ihr Leben lang war sie stets darauf bedacht gewesen, nicht die Beherrschung zu verlieren seit diesem einen Moment, als sich …

Die Frau tritt vor sie und streckt ihr energiegeladen die Hand entgegen. Julie blickt in das freundliche Gesicht und ihre allgemeine Unsicherheit weicht dem Gefühl, dass diese Begegnung vielleicht nicht so beängstigend ist, wie sie es sich ausgemalt hat.

Einmal wurde ihre emotionsgeladene Welt für alle sichtbar und seitdem hat sie sich darauf trainiert, ihre Gefühle nicht zu zeigen. Sie hat sogar gelernt, ihren „Fluch", wie sie es selbst nennt, zu kontrollieren. Unbewusst glaubt sie, dass dies der Grund ist, warum ihre Eltern nichts mit ihr zu tun haben wollen. Damals waren sie die einzigen Zeugen an diesem schicksalshaften Nachmittag, als sie gerade mal vier Jahre alt war: Die kindliche Wut entzündete sich an dem vermeintlich unerfüllbaren Wunsch nach einem wunderschönen schwarzen Pony. Doch ihre Eltern hielten sie für zu jung, um eine solche Verantwortung zu übernehmen, und lehnten ihren Wunsch ab. Julies Zorn auf ihre Mutter und ihren Vater brodelte und entlud sich auf eine Weise, auf die weder sie noch ihre Eltern vorbereitet waren. Nachdem alles vorüber war, blickten ihre Eltern sie mit einer Mischung aus Erstaunen und tiefgründiger

Angst an. Seit diesem Tag hat sich ihr Leben und das Verhältnis zu ihren Eltern auf den Kopf gestellt. Man schob sie in die Obhut von Nannys ab, die zwar für sie sorgten, aber ihr nicht die Liebe geben konnten, die sie als Kind benötigt hatte. So wuchs sie mit dem Gefühl auf, ein Fremdkörper in ihrer eigenen Familie zu sein, wie ein räudiger Hofhund, den man draußen an einer kurzen Kette anbindet. Sie erhielt alles, was mit Geld bezahlt werden konnte, selbst das schwarze Pony, das einst der Auslöser für das alles gewesen war. Doch hier in Schottland, in dieser völlig fremden Umgebung, steht sie vor neuen Herausforderungen. Alles ist neu und sie ist völlig allein – in einem Land, das sie heute zum ersten Mal betreten hat. Sie wünscht sich, mit ihrer Mutter sprechen zu können, doch dann fällt ihr der schockierte Blick ein, der sich ein für alle Mal in ihre Erinnerung an diesen schicksalhaften Tag eingebrannt hat.

Was, wenn alle denken, ich bin ein Freak, so wie Mom und Dad? Schnell schiebt sie den Gedanken beiseite und strafft die Schultern, blickt der netten Dame in die Augen und ergreift ihre Hand.

„Hallo Julie, wir haben dich schon erwartet. Ich bin Mrs. Wegener, stellvertretende Schulleiterin und Oberstudienrätin der St. Mary's Boarding School", stellt sich die Frau vor.

Nicht das erwartete Burgfräulein, denkt Juli und grüßt freundlich und so selbstbewusst, wie sie vorspielen kann, zurück.

Gepflegt tritt die Lehrerin in einem hoch zugeknöpften, dunkelblauen Hosenanzug auf, der geschickt ihre athletische Figur betont. Trotz der Freundlichkeit in ihrem Lächeln und der auf den ersten Blick sportlichen Ausstrahlung verbirgt sich unter der Fassade der Oberstudienrätin eine wahrnehmbare Strenge. Julie ist fasziniert. *Hoffentlich erwarten die hier nicht, dass ich in meiner Freizeit jogge oder so.* Eigentlich hat sie eine alte Schreckschraube oder einen verbitterten Opa erwartet, die ihr bei ihrer Einführung direkt die Leviten lesen würden.

Mrs. Wegener weist den Fahrer an, Julies Koffer in das für sie vorgesehene Zimmer zu bringen.

„Zimmer 128 im ersten Stock. Die Tür gegenüber dem Porträt von Mary, Queen of Scots", sagt sie zum Fahrer und fügt mit einem Augenzwinkern hinzu: „Deine Zimmernummer ist das Geburtsdatum der Namensgeberin der Schule. Der achte Dezember."

Julie verzieht die Lippen zu einem stillen Lächeln und das ist offensichtlich nicht die Reaktion, die sich Mrs. Wegener erhofft hatte. Daher räuspert sie sich pikiert und fährt mit strengem Unterton fort: „Wir beide gehen erst einmal zu Mr. Halbrook ins Büro, damit du dich vorstellen kannst. Dann zeige ich dir dein Zimmer und du kannst dich ein wenig

34

einrichten. Pünktlich um sechs gibt es dann Abendessen im Großen Saal. Du musst halb verhungert sein nach dem langen Flug." Sie wendet sich ab und beginnt mit energischen Schritten die Steinstufen emporzusteigen. Das Klackern ihrer Absatzschuhe hallt erneut von den Wänden der Wehrmauer des Innenhofes wider und Julie beeilt sich, mit ihr Schritt zu halten. Tatsächlich verspürt sie einen ziemlichen Hunger und sehnt sich danach, direkt auf ihr Zimmer zu gehen. Mit dem Schuldirektor zu sprechen, ist gerade das Letzte, wonach ihr der Sinn steht. Dennoch muss sie sich fügen und betritt hinter Mrs. Wegener, die sie wegen ihrer Strenge langsam doch etwas unsympathisch findet, die imposante Eingangshalle. In der Mitte der Halle erhebt sich gegenüber dem Haupteingang eine majestätische breite Treppe aus massivem, dunkel lackiertem Holz, die mit prunkvollen Schnitzereien verziert ist und in den ersten Stock führt. Trotz der sichtbaren Abnutzungsspuren auf den einzelnen Stufen ist Julie von dem Anblick beeindruckt. Der Treppenabsatz im ersten Stock endet vor einem riesigen alten Buntglasfenster, zu dessen Linken und Rechten sich eine offene Galerie erstreckt. Das Fenster trägt das Abbild einer Königin, die anmutig einen Herrscherstab und ein Zepter in den Händen hält. Das bunte Spiel des Tageslichts durch die Glasmosaike taucht die Halle in eine farbenfrohe und einladende Atmosphäre. *Das wäre dann wohl Queen Mary,* denkt Julie, während sie der strengen Oberstudienrätin durch die Eingangshalle folgt.

Mrs. Wegener biegt vor der imposanten Treppe nach links in einen schmalen Flur ab. Der Korridor öffnet sich in einen kleineren Vorraum und Julie bemerkt, dass sie in eines der Nebenhäuser gelangt ist, die sie von außen bereits gesehen hat. Auch hier tauchen ausnahmslos Buntglasfenster den Raum in ein gemütliches Licht, das sich auf den alten, schweren Teppichen im Vorraum bricht. Die Oberstudienrätin deutet abwechselnd auf die beiden Holztüren, die von dem Raum abgehen.

„Hinter dem rechten Eingang findest du das Lehrerzimmer und hinter dem linken ist das Büro des Schuldirektors."

Julie betrachtet die massiven Türen einen Moment lang und spürt die Aufregung der Ungewissheit erneut in ihr aufsteigen. Mrs. Wegener klopft an die Tür des Direktors, wartet jedoch nicht darauf, hereingebeten zu werden. Stattdessen öffnet sie die Holztür schwungvoll und nickt Julie aufmunternd zu, einzutreten. Sie atmet tief ein und betritt das Büro des Rektors. Hier gibt es richtige Fenster, durch die man einen guten Blick auf den Innenhof der Burg erhaschen kann. Draußen auf dem Innenhof steigt der Fahrer in den Mercedes und fährt über die schmale Brücke davon.

Auftrag erledigt, sie presst die Lippen aufeinander, während sie das Verschwinden des Fahrers beobachtet.

Ihr Blick wandert zu dem freundlich lächelnden Mann hinter dem riesigen altmodischen Schreibtisch in der Mitte des Raums, auf dem stapelweise Papiere und in Leder gebundene Bücher liegen. Die Wände hinter ihm sind mit dunklen Holzregalen geschmückt, die mit weiteren Büchern und Aktenordnern gefüllt sind. Ihr Blick bleibt kurz an einem gerahmten Bild haften, welches den Direktor mit einem blassen und kränklich wirkenden Kind im Arm zeigt, dessen ihm ähnliche Gesichtszüge unverkennbar sind. Ein gemütlicher Sessel steht neben einem Kamin und ein flackerndes Feuer verbreitet eine behagliche Wärme. Der Boden ist mit einem schweren, abgewetzten Teppich bedeckt und alte, gerahmte Weltkarten schmücken die Wände. Schüchtern streicht Julie sich die nervige Haarsträhne aus den Augen.

Die Oberstudienrätin ergreift das Wort: „Julie Winters. Sie ist soeben angekommen. Somit sind nun alle Schülerinnen vollzählig eingetroffen." Sie spürt die Aufmerksamkeit des Schuldirektors auf sich ruhen, der sie wohlwollend ansieht. Tiefe Lachfalten durchziehen sein Gesicht und weisen auf eine aufgeschlossene und zugängliche Persönlichkeit hin. Besonders auffällig sind seine stahlblauen Augen, die nicht nur durch ihr ungewöhnlich tiefes Blau, sondern auch durch ihre Liebenswürdigkeit hervorstechen. Er kommt um den Schreibtisch herum und streckt ihr seine Hand entgegen.

„Willkommen, Julie. Ich hoffe, du hattest einen guten Flug?"

„Ja, sehr gut", lügt sie und denkt insgeheim an das schreiende Baby, das die Flugzeugkabine mit seinem durchdringenden Weinen erfüllt hat.

„Schön, das freut mich. Du wirst sehen, es wird dir hier gefallen. Wer will denn nicht auf einer alten, verwunschenen Burg leben?", zwinkert er ihr fröhlich zu. Sie findet den Direktor auf Anhieb sehr nett und schätzt ihn auf das gleiche Alter wie ihren Vater ein, auch wenn Mr. Halbrook schon graue Haare hat. Überhaupt hat er etwas Väterliches an sich. Ihre Gedanken wandern kurz zu ihrem Schuldirektor an der Middle School in Miami. *Der war ganz anders. Eher ein hässlicher Schleimer,* erinnert sie sich.

Mr. Halbrook nimmt wieder hinter seinem imposanten Schreibtisch Platz und sagt lächelnd an Mrs. Wegener gerichtet: „Seien Sie doch bitte so nett und zeigen Sie Julie die wichtigsten Räumlichkeiten der Schule."

An Julie gewandt sagt er: „Den Rest der Umgebung kannst du auf eigene Faust erkunden. Du kannst all die geheimen Winkel und Verstecke finden, die es hier gibt. Das macht ohne Erwachsene viel mehr Spaß, nicht wahr?" Dabei sieht er sie spitzbübisch an.

Julie ist etwas unsicher, was sie darauf antworten soll, daher sagt sie schulterzuckend: „Wenn Sie meinen." Der fröhliche Ton des Direktors und seine offene Art lassen sie hoffen, dass ihr neues Kapitel an der Saint Mary's Boarding School vielleicht doch angenehmer wird als erwartet.

„Mr. Halbrook", wirft Mrs. Wegener skeptisch ein, die Augenbrauen leicht erhoben. „Sind Sie sicher, dass das Kind hier allein unterwegs sein sollte? Wir haben schließlich eine strenge Regel eingeführt, die besagt, dass hier nur zwei Personen gleichzeitig unterwegs sein dürfen, wegen dem …"

Kind? Julie sieht die Oberstudienrätin abschätzig an.

„Ach, Papperlapapp!", unterbricht Mr. Halbrook ihre Zweifel und winkt den Einwand beiläufig mit einer Hand ab. „Wir sind doch alle früher als Jugendliche allein durch die Gegend gezogen. Und so lernt man doch am schnellsten jemanden kennen, wenn man die Umgebung auf eigene Faust erkunden kann." Diese Antwort missfällt Mrs. Wegener zutiefst. Doch Julie bemerkt, wie der Direktor die Oberstudienrätin mit einem intensiven Blick bedenkt.

Die Lehrerin scheint zu verstehen, dass diesem Blick keine Widerrede gestattet ist, und sagt nach einem leisen Seufzer resigniert zu Julie: „Komm, Kind, dann zeige ich dir, wie du dich hier in diesem Gemäuer zurechtfindest."

Ja, Oma, antwortet sie gedanklich und kann nicht verbergen, dass ihr die Bezeichnung als Kind missfällt.

„Danke", sagt Julie an den Direktor gewandt, der sie anlächelt. „Ich denke, ich werde hier gut klarkommen."

„Das denke ich auch. Und solltest du Fragen haben, steht dir meine Tür jederzeit offen." Sie nickt und folgt dann Mrs. Wegener hinaus auf den Flur. Energischen

Schrittes eilt sie mit Julie den kleinen, schmalen Korridor entlang, zurück zur großen Eingangshalle.

Dort angekommen zeigt sie mit der Hand auf die imposante Treppe, die in den ersten Stock führt. „Oben an der Treppe nimmst du den rechten Flügel. Am Ende des Korridors findest du dein Zimmer, Nummer 128, direkt gegenüber dem …“

„… dem Porträt von Queen Mary", vollendet Julie den Satz der Oberstudienrätin, die ihr von Minute zu Minute unsympathischer wird.

Diese hält kurz inne und sieht Julie streng und nachdenklich an. Dann räuspert sie sich affektiert und erklärt: „Hier, geradeaus an der Treppe vorbei, findest du die Klassenräume für die Naturwissenschaften. Alle anderen Klassenräume befinden sich im hinteren Nebengebäude. Zur Haupttür hinaus auf den Hof, rechter Hand. Nicht zu übersehen. Und hier entlang …", sie wendet sich nach links und stakst jetzt auf ihren Absätzen durch einen weiteren Gang an der Treppe vorbei, „… kommst du in den Großen Saal. Einst war dies der Ballsaal der Burg, nun ist es unsere Cafeteria. Wie du erkennen kannst, wurde diese Räumlichkeit um die große Küche und Essensausgabe erweitert." Im ehemaligen stolzen Ballsaal der Burg präsentiert sich die Cafeteria nun in eindrucksvoller Pracht. Julies Blick schweift über kunstvoll gewebte Wandteppiche, die die Wände zieren und scheinbar vergangene Geschichten in lebendigen Bildern erzählen. Schwere Kronleuchter hängen

von der hohen Decke herab und tauchen die Cafeteria in ein warmes goldenes Licht. In der Mitte des Saals stehen moderne runde Tische mit Stühlen, die sich in ihrem Zeitstil nicht vollständig in das alte Gemäuer einfügen wollen. An diesen Tischen sitzen vereinzelt einige Schülerinnen in Grüppchen, vertieft in angeregte Gespräche oder ihre Bücher. Entlang einer offenen Anbauwand erstreckt sich eine moderne Essensausgabe, flankiert von einer funktionalen Theke. Hier wird das Essen serviert und Julie bemerkt, wie die offene Architektur eine harmonische Verbindung zwischen dem altertümlichen Ballsaal und der modernen offenen Küche schafft. Die Geräusche von klapperndem Geschirr und dem gedämpften Murmeln der Schülerinnen verleihen dem Raum eine angenehme lebendige Atmosphäre.

Es hat den Anschein, dass Mrs. Wegener erwartet, sie müsse beeindruckt sein, daher sagt sie etwas übertrieben: „Wow, cool!"

Es folgt ein kurzes betretenes Schweigen, welches Mrs. Wegener kurzerhand durchbricht: „Nun gut. Die wichtigsten Räume kennst du jetzt, dann darfst du dir dein Zimmer ansehen und auspacken. Um 18 Uhr gibt es hier Abendessen und die Schule fängt pünktlich um 8 Uhr morgens an. Frühstück beginnt um 7 Uhr, Mittagessen um Punkt 12:30 Uhr." Mrs. Wegeners Informationsfluss macht Julie nervös, wird dann aber von einem plötzlichen ohrenbetäubenden Geräusch unterbrochen. Metall, das auf harte Steinfliesen fällt und laut scheppert. Zeitgleich zieht ein Windhauch durch den Saal und zerzaust den Schülerinnen, Julie und der Schuldirektorin die Haare.

Eine hohe, aufgebrachte Stimme ruft: „Ach herrje, ich Schussel!" Julie und Mrs. Wegener blicken erschrocken zur Essensausgabe der offenen Küche. Eine junge Frau, Julie schätzt sie auf Anfang dreißig, gekleidet in einen grauen Hosenanzug, über den eine weiße Schürze gebunden ist, und mit kurzen dunklen Haaren, stellt gerade einen riesigen Metalltopf auf die Ablage der Essensausgabe. Vor ihr auf dem Boden liegt der Deckel des Topfes, der offensichtlich gerade den Lärm verursacht hat.

„Ms. Dompton!", ruft die Oberstudienrätin empört aus, während sie sich eine durch den Windhauch gelöste Haarsträhne hinter das Ohr schiebt, „wollen Sie, dass ich einen Herzinfarkt bekomme?"

Die Köchin lacht nervös, schiebt ihre etwas zu große Brille zurecht und antwortet beschämt: „Natürlich nicht. Mir ist nur der Deckel vom Topf gerutscht, als ich die Suppe zum Warmhalten in den Ofen stellen wollte. Entschuldigen Sie bitte", neugierig sieht sie Julie an. „Eine neue Schülerin?"

„Das ist Julie Winters, gerade aus Miami hier angekommen. Und das ist Ms. Dompton, unsere Köchin und, darf man den Mädchen hier Glauben schenken, die gute Seele des Hauses."

„Ach", winkt die junge Frau sichtlich verlegen und

42

lachend ab, „die nennen mich nur so, weil sie von mir das Essen bekommen und ich ihnen ab und an Schokolade zustecke."

An Julie gewandt sagt sie freundlich: „Willkommen an der St. Mary's Boarding School. Ich hoffe, du lebst dich hier schnell ein."

„Danke schön", antwortet Julie lächelnd und findet die Köchin auf Anhieb sympathisch.

„Nun gut. Ich habe noch zu tun. Ms. Dompton, vermeiden Sie bitte solchen Lärm und schließen Sie die Fenster; wir möchten nicht, dass das neue Schuljahr mit einer Erkältungswelle beginnt. Der Wind, der hier eben durchgezogen ist, war verblüffend kühl. Und du, Julie, darfst nun auf dein Zimmer. Meinst du, du findest es allein?"

„Treppe hoch, rechts den Korridor entlang, gegenüber dem Porträt, Zimmer Nummer 128. Ich denke, ich werde es finden", antwortet Julie so freundlich wie möglich. Die Lehrerin lächelt zufrieden und wendet sich dann zum Gehen ab. Julie folgt ihr bis zur Eingangshalle. Dort trennen sich die Wege der beiden und sie ist erleichtert, allein zu sein.

nstrengend, immer zu allen freundlich zu sein, schießt es ihr durch den Kopf und sie ist froh, dass durch den Schreck des herunterfallenden Metalldeckels nicht mehr passiert ist als nur der Windhauch. Wer weiß, was geschehen wäre, hätte sie die Kontrolle verloren und hätte vor Schreck …

„Es ist nichts passiert. Ich habe alles im Griff", murmelt sie leise zu sich selbst. Sie streicht sich die nervige Haarsträhne aus dem Gesicht.

In den nächsten Tagen kümmere ich mich um einen Friseurtermin. Sie steigt die massive, knarrende Holztreppe empor. Auf der rechten Seite der Galerie erstreckt sich der Korridor, der von zwei großen Steinsäulen gesäumt wird, mit den Eingängen zu den einzelnen Zimmern. Eins neben dem anderen, alle mit verschnörkelten Nummern versehen. Das sanfte Licht der kunstvollen Wandlampen betont die polierten, im warmen Glanz schimmernden Messingbeschläge der Türen. Unter ihren Füßen liegt ein Teppich in tiefem Burgunderrot, dessen weiche Textur jeden Schritt wie auf einem Wolkenbett einsinken lässt. Ein zarter Duft nach frischen Blumen schwebt in der Luft, wohl aus den Vasen auf den Konsolen zwischen den Eingängen der Räume. Gegenüber den einzelnen Zimmertüren hängen aufwendig gemalte, lebensgroße Porträts unterschiedlichster Persönlichkeiten in erhabenen Posen und prachtvollen Gewändern an der langen Wand. Die Blicke der Dargestellten scheinen sie förmlich zu verfolgen, doch sie schüttelt diese Vorstellung energisch ab und ermahnt sich: *Das sind Bilder. Mehr nicht.*

Am Ende des Flurs verharrt Julie vor dem letzten Porträt. Die dargestellte Person strahlt eine besondere Melancholie aus, eingefangen in königlicher Haltung. *Mary, Queen of Scots*, denkt Julie, als sie die Frau in dem schwarzen Spitzenkleid mit großem weißem Kragen und mit schweren goldenen Kreuzen behangen betrachtet.

Ob sie hier wohl auch mal residiert hat, als diese Burg noch dem schottischen Adel angehörte, überlegt sie. Nach einiger Zeit löst sie sich von dem Bild und dreht sich zu dem gegenüberliegenden Eingang um. Die Zahl 128 ist kunstvoll schnörkelig aufgemalt.

„Home, sweet home", flüstert Julie leise, während sie die Türklinke nach unten drückt. Die Holztür öffnet sich mit einem unheilvollen Quietschen. Julie atmet tief ein,

als sie die Schwelle überschreitet, doch ein plötzlicher Schreck durchfährt sie. Auf dem Bett in ihrem Zimmer liegt eine reglose Gestalt, im fahlen Licht des Raumes nur schemenhaft zu erkennen. Der Atem stockt ihr für einen Moment und ein unterdrückter Schrei bleibt ihr beinahe im Hals stecken. Kaum realisiert Julie, was auf ihrem Bett liegt, bricht sie in lautes Gelächter aus.

„Das wäre ja was gewesen! Als Einstieg gleich mal ein Toter in meinem Bett!", lacht sie. *Vielleicht war das ja beabsichtigt, um mir einen ordentlichen Schrecken einzujagen?* Grinsend betrachtet sie die Schuluniform, die auf dem Laken liegt und wie der Körper eines Schülers wirkt. Amüsiert über diesen gelungenen Streich sieht sie sich in ihrem neuen Zimmer um. Ihr bescheidenes neues Refugium besticht durch Einfachheit. An der rechten Wand befindet sich das Bett, dessen schlichter Rahmen von einem Überwurf in sanften Blau- und Grautönen verziert wird und mit Kissen in passenden Nuancen einladend und gemütlich wirken würde, läge dort nicht die ausgebreitete Schuluniform. Das hübsche Sprossenfenster über dem Bett lässt das einfallende Tageslicht den Raum mit Wärme durchfluten und gibt einen idyllischen Blick auf den Innenhof frei. Unmittelbar daneben befindet sich ein Schreibtisch, auf dem eine einfache Lampe steht, neben der die Bücher des Schuljahres platziert wurden. Eine Kommode an der gegenüberliegenden Wand des Bettes bietet nicht nur zusätzliche Ablagefläche, sondern auch Raum für Julies gerahmte Bilder und dekorative Erinnerungsstücke, die sie sich von zu Hause mitgebracht hat. Ein eingebauter Wandschrank, hinter schlichten Holztüren verborgen, rundet das Mobiliar des Zimmers ab. Sie widmet die nächste Stunde dem Auspacken ihres Koffers und der liebevollen Gestaltung ihres neuen kleinen Reichs. Ihre Finger streichen behutsam über die mitgebrachten Fotos von Freunden, die nun das Zimmer mit vertrauten Gesichtern schmücken. Die gerahmten Bilder rufen Erinnerungen in ihr wach und sie vermisst ihr bekanntes Leben. Sie kann ihren Eltern noch nicht verzeihen, dass sie sie hierhergeschickt haben. Sie überlegt kurz, eine ihrer Freundinnen anzurufen, entscheidet sich dann aber doch dagegen, weil sie das Gefühl hat, es nicht ertragen zu können. Neben den Rahmen drapiert sie sorgfältig die neuen Schulbücher. Die Schuluniform, bestehend aus zwei mausgrauen Faltenröcken und einem passenden Blazer, zwei schwarzen Blusen und einem blau-rot gestreiften Seidenschal mit dem stolzen Emblem der Schule – ein Zepter überlagert von einem Herrscherstab, flankiert vom Wappen der einstigen Königin von Schottland –, packt sie sorgfältig zusammen mit ihren Kleidern in den Wandschrank. Den leeren Koffer schiebt sie kurzerhand unter das Bett. Zufrieden sieht sie sich in ihrem Zimmer um.

Geht doch, denkt sie zynisch. *Das haben die sich einiges kosten lassen, mich loszuwerden.* Sie wirft sich auf das gemütliche Bett. Ihr Blick fällt auf ihr Handy,

das auf dem Schreibtisch liegt und ihre Playlist abspielt. Sie zieht es an sich heran und drückt die Taste zum Entsperren des Bildschirms. *Immer noch keine Nachricht von Mom,* seufzt sie. Sehnsucht ergreift sie und ohne zu zögern, sucht sie in ihren Kontakten nach der vertrauten Nummer. Das Telefon klingelt dreimal. Julie zählt mit, jeder Ton ist ein kleiner Puls in ihrer Brust. Plötzlich wird das Handy abgenommen.

„Winters", sagt ihre Mutter, die Stimme energisch, als wäre sie gerade bei einer wichtigen Angelegenheit unterbrochen worden.

„Mom, ich bin's", antwortet Julie, ein freudiges Lächeln in der Stimme.

„Ach, hallo Schatz, alles in Ordnung?", fragt ihre Mutter und Julies Herz fühlt sich durch ihre vertraute Stimme leichter an.

„Ja, ich wollte nur deine Stimme hören. Ich hab' dir nach der Landung geschrieben, aber noch keine Antwort bekommen. Jetzt bin ich in meinem Zimmer und habe auch schon ausgepackt", erzählt sie. Die Worte fließen ihr leicht von den Lippen, getragen von der Freude, ihre Mutter wieder zu hören.

Doch diese wirkt ungeduldig, als sie sagt: „Schön, Schatz. Ich bin gerade bei Dr. Mahmoody. Wir besprechen den Termin für mein Augenlifting. Ich rufe dich später zurück, ja?"

„Ja, ich wollte dir eigentlich auch nur kurz sagen …", doch ihre Mutter fällt ihr ins Wort: „Schön,

Schatz, dann bis später." Das Klicken in der Leitung signalisiert das Ende des Gesprächs, bevor Julie ihren Satz beenden kann.

„… dass ich es hier ganz schön finde", fügt sie leise hinzu, obwohl ihre Mutter sie nicht mehr hören kann. Es bleibt nur die Stille und sie spürt, wie Einsamkeit sie umhüllt. *Ich bin ihr völlig egal!* Sie starrt auf ihr Handy, als wäre es ein Durchgang zu einer anderen Welt, in der die Zeit stillsteht. Um sich von dem düsteren Gefühl loszureißen, steht sie auf und blickt aus dem Fenster auf den Innenhof der Burg. Sie beobachtet, wie an einem der Nebengebäude eine Tür geöffnet wird. Zwei Schülerinnen treten mit einer Gießkanne auf den Hof. Eine der beiden macht sich mit Gartenhandschuhen und Rosenschere bewaffnet daran, die Rosenbüsche in der Mitte des Hofes zu schneiden, während die andere sich gelangweilt an die Wand einer der Nebengebäude lehnt. Dann sieht Julie den Schuldirektor, Mr. Halbrook, die Treppe des Haupthauses herunterkommen. Er bleibt stehen und sie spürt, wie sich ihre Nackenhaare leicht aufrichten. *Wie er sie ansieht,* denkt sie, *irgendwie lauernd.* Das Mädchen ist so beschäftigt mit den Rosenbüschen, dass sie den Rektor nicht bemerkt, und die andere ist mittlerweile in ihr Handy vertieft.

Mr. Halbrook sieht sich vorsichtig um – zu vorsichtig. Dann ruft er dem Mädchen bei den Rosenbüschen zu: „Barbara, kommst du mal bitte mit in mein Büro?"

Das Mädchen sieht auf und dreht sich überrascht um. Dann antwortet sie: „Kann ich gleich zu Ihnen kommen? Ich würde das hier gerne kurz beenden."

„Nein, ich habe keine Zeit. Lass die Rosenschere einfach da liegen und komm bitte mit. Es ist dringend."

Julie schüttelt verdattert den Kopf: Für den Bruchteil einer Sekunde meint sie zu sehen, wie sich Mr. Halbrooks Augen komplett schwarz verfärben. Sie blinzelt und kneift dann in dem Versuch, genauer zu sehen, die Lider zusammen, kann aber nichts Ungewöhnliches mehr an ihm erkennen. Verwirrt schüttelt sie den Kopf. *Ich muss mir das eigebildet haben,* denkt sie, *der Jetlag holt mich wohl langsam ein.*

Dem Mädchen fällt die Rosenschere zu Boden und als sie sie aufheben möchte, ruft der Rektor ihr zu: „Ach, weißt du, ist eigentlich doch nicht so wichtig. Mach ruhig weiter."

Der schrille Klang von Julies Handywecker durchbricht wie ein akustischer Weckruf aus der Realität ihre Beobachtung.

Abendessen. Immer schön pünktlich sein, flüstert sie in ihrem Inneren, während sie das Handy in ihren Rucksack gleiten lässt. Plötzlich überkommt sie ein Zweifel. Ihre Hand sucht erneut nach dem Telefon, zieht es aus dem Rucksack, den sie anschließend mit einem gedämpften Aufprall auf das Bett fallen lässt, und steckt es in ihre hintere Jeanstasche.

Ich werde wohl keine Tasche beim Essen brauchen, überlegt Julie. Sie öffnet die Tür und tritt auf den Korridor hinaus – bereit, die bisher schwierigste Herausforderung zu meistern: sich in die Schulgemeinschaft einzufügen.

er Korridor pulsiert nun mit dem lebhaften Klang aus durcheinander schwatzenden Schülerinnen, die alle eilig in Richtung der majestätischen Treppe strömen, um die Cafeteria zu erobern. Julie fügt sich nahtlos in die Menge ein und es scheint, als würde sich niemand sonderlich um ihre Anwesenheit kümmern.

Auch gut. Dann kann wenigstens keiner über mich urteilen, denkt sie, während sie sich zwischen den Gesprächsfetzen der vorbeiziehenden Mädchen verliert. Im Großen Saal angekommen, stellt sie sich an der langen Schlange an, die sich vor der Theke der Essensausgabe gebildet hat. Ihr Blick fällt auf Ms. Dompton, die hektisch das Essen verteilt und mit einem Lächeln den Schülerinnen die vollen Tabletts entgegenreicht.

„Guten Appetit", sagt sie freundlich, doch kaum eines der Mädchen nimmt von ihr Notiz.

Die tragen die Nase aber alle ein wenig hoch, überlegt Julie, als ihr plötzlich jemand von hinten auf die Schulter tippt.

„Hey, bist du die Neue? Die aus Amerika? Coole Frisur. Trägt man die Haare so in Amerika?"

Julie dreht sich um und steht einem quirligen blonden Mädchen mit schulterlangen Haaren gegenüber. Ein riesiges bezauberndes Lächeln ziert ihre vollen Lippen und ihre Augen strahlen vor Neugier. Ohne auf eine Antwort zu warten, stellt sie sich vor: „Ich bin Holly. Wie heißt du?"

„Äh… Julie", antwortet sie nach kurzem Zögern.

„Wie fandest du den Willkommensstreich?"

Julie versteht nicht und blickt Holly fragend und mit zusammengekniffenen Augenbrauen an.

„Na, die Tote auf dem Bett?", lacht sie.

„Warst du das?", fragt Julie.

„Nein, deine Zimmernachbarin. Aber es ist ein Willkommensstreich, der jedem Mädchen gespielt wird, das neu hier an der Schule ankommt", lacht Holly, „da müssen alle durch!"

„Geht's da mal weiter?", ruft eine ungeduldige Stimme aus dem hinteren Teil der Schlange. „Es gibt hier Leute, die haben Hunger." Holly verdreht die Augen, doch bevor sie etwas erwidern kann, hat sich Julie schon abgewandt und ist an der Reihe, ihr Tablett

mit leckerem duftendem Essen entgegenzunehmen. *Bloß nicht auffallen. Nicht am ersten Tag!*, ermahnt sie sich, während sie freundlich von der Köchin empfangen wird, die ihr das Tablett mit einem Lächeln überreicht.

„Guten Appetit," sagt sie und Julies „Danke" lässt ihr offenes Lächeln noch breiter werden. Mit einem zusätzlichen Fläschchen Wasser auf dem Tablett wendet sie sich dem Großen Saal zu. Für einen Moment verharrt sie am Rand und beobachtet das bunte Treiben im Raum. An den zahlreichen runden Tischen sitzen lachende und schwatzende Jugendliche. Ihr Blick bleibt an einem Tisch hängen, an dem drei Mädchen versammelt sind. Eine von ihnen sticht besonders hervor und als ihre Blicke sich treffen, fühlt Julie sich, als ob der Rest der Welt für einen Augenblick in den Hintergrund tritt. Die schönen Augen des hübschen Mädchens blicken sie sanft an und ihr Lächeln versetzt Julie in einen kurzen Moment der Schwerelosigkeit. Die roten kurzen Haare, die ihr ebenmäßiges Gesicht umspielen, bilden einen kühnen Kontrast zu ihrer auffallend hellen Haut.

„He, Lucy, ich rede mit dir!", durchbricht einer der anderen Mädchen an dem Tisch die magische Verbindung, als sie die Rothaarige an der Schulter sanft anstupst.

Julie atmet tief ein, senkt den Blick zu Boden und schüttelt den Moment ab. *Was jetzt*, denkt sie, *wo setz' ich mich am besten hin?*

Sie bemerkt weiter hinten im Saal einen Tisch, an dem das dunkelhaarige Mädchen gerade Platz nimmt, das vorhin ungeduldig wurde. Sie entscheidet sich, ihre Unsicherheit hinunterzuschlucken, und geht zielstrebig auf diesen Tisch zu. „Hi. Ist hier noch ein Platz frei?", fragt sie mit fester Stimme.

Das Mädchen aus der Essensschlange schiebt ihre langen schwarzen Haare zurück und antwortet mit einem abfälligen Grinsen: „Nein."

Julies anfängliche Unsicherheit wandelt sich blitzschnell in Angriffslust um. *Wenn die denkt, sie kann hier frech zu mir werden, hat sie sich geschnitten!* Selbstbewusst kontert Julie: „Wieso nicht?"

Ein kurzes Lachen entfährt dem Mädchen mit den schwarzen Haaren und sie steht auf, um Julie auf Augenhöhe zu begegnen. „Weil die Loser bei den Losern sitzen", spottet sie.

Die Wut in Julie beginnt zu brodeln. Sie tritt einen Schritt auf das Mädchen zu und provoziert in ruhigem Ton: „Wer sagt denn, dass ich ein Loser bin?"

Die beiden Mädchen stehen so nah beieinander, dass die Spannung förmlich knistert. Julies Essenstablett fungiert als symbolische Barriere zwischen ihr und ihrer Gegnerin. Alle Augen im Saal sind jetzt gebannt auf die beiden gerichtet und das lebendige Gemurmel der anderen Schülerinnen verstummt, als ob sie erwartungsvoll den Ausgang eines Dramas verfolgen. In diesem angespannten Moment erreicht die

Provokation ihren Höhepunkt, als das Mädchen ihr Kinn reckt und mit gespielter Gelassenheit antwortet: „Schau dich doch mal an. Was sind das für Haare? Hat deine 3-jährige Schwester die geschnitten?"

Ein quiekendes Gelächter bricht bei den anderen beiden Schülerinnen am Tisch aus.

Julies Kontrolle über ihre Wut beginnt zu bröckeln. *Nicht hier, bitte nicht hier*, denkt sie verzweifelt.

Doch dann durchbricht eine Stimme aus dem hinteren Teil des Saals die Stille: „Hey, Loser!"

Julie wendet sich in Richtung der Stimme, um zu sehen, wer diese Worte geäußert hat. Holly lächelt so breit, dass Julie beinahe meint, ihre Zahnspange im Schein der Kronleuchter, die an der Decke der Cafeteria hängen, glitzern sehen zu können. Sie winkt sie zu ihrem Tisch und ruft dabei fröhlich quer durch den Saal: „Hier ist noch Platz!"

Langsam beginnt das Stimmengewirr wieder anzuschwellen und die anderen Schülerinnen haben das Interesse an der kurzen Auseinandersetzung bereits verloren. Dankbar über die freundliche Unterbrechung lässt Julie das schwarzhaarige Mädchen mit einem abschätzigen Blick stehen und begibt sich erleichtert geradewegs an Hollys Tisch. Sie schiebt einen Stuhl für Julie zurecht, auf den diese sich erleichtert fallen lässt. „Danke", sagt sie mit etwas Betretenheit in ihrer Stimme, „nicht gerade der beste Einstieg als Neue, wenn man sich gleich mit jemandem anlegt."

„Ach, mach dir nichts aus Amanda", winkt Holly ab. „Die meint immer, sie wäre was Besseres. Halt dich einfach an uns." Sie deutet auf die anderen drei Mädchen, die Julie freundlich anlächeln. Dann fügt sie mit einem breiten Grinsen und einer tiefen Verbeugung hinzu: „Willkommen am Tisch der Loser."

Ein befreiendes Lachen bricht aus allen heraus. Julie, noch etwas verunsichert, lächelt die Gruppe an. Dann erwidert sie mit gespielter übertriebener Affektiertheit: „Danke. Sehr erfreut!" und ihre Anspannung weicht einer beruhigenden Gelassenheit.

Holly legt ihre Hand auf die Schulter des dunkelhaarigen Mädchens mit dem streng zurückgebunden Zopf neben ihr und stellt sie mit einem breiten Grinsen vor: „Das hier neben mir ist Christina. Sie kommt aus Grönland und ist überaus schlau."

Christina rollt lachend mit den Augen und Julie fällt das goldene Medaillon, das sie um den Hals trägt, auf. Christina schiebt Hollys Hand von ihrer Schulter und sagt mit leichtem Lächeln: „Immer übertreibst du. Ich lerne eben gerne. Das würde dir und deinen Noten auch mal guttun."

Holly legt theatralisch den Handrücken an die Stirn und kommentiert mit geschlossenen Augen: „Lernen überfordert mein Gehirn so sehr, ich fürchte, würde ich lernen, würde es platzen!"

Die Mädchen brechen in Gelächter aus und Julie schließt sich dem fröhlichen Moment an. Dann meldet

sich das Mädchen gegenüber von ihr zu Wort: „Ich bin Elisabeth. Aber alle nennen mich Ellie. Machst du gerne Sport?"

Holly verdreht amüsiert die Augen und ein leichtes Grinsen spielt auf ihren Lippen. Unter dem locker sitzenden Stoff Ellies lässigem Sportanzugs zeichnen sich die Konturen einer athletischen Silhouette ab. Ihr offenes, freundliches Gesicht wird von zarten Sommersprossen geziert, die wie kleine Sonnenküsse wirken und ihr bezaubernde Natürlichkeit verleihen. Die leicht gewellten dunklen Haare sind geschickt zu einem lockeren Pferdeschwanz gebunden, aus dem einzelne Strähnen lässig herabfallen.

Julie lächelt Ellie an und antwortet: „Wenn, dann spiele ich gerne Basketball – online!"

Ellie lacht und Holly ergänzt: „Ellie ist unsere Sportskanone. Sie könnte wahrscheinlich einen Marathon im Schlaf laufen, oder?"

Ellie zwinkert Julie zu und die Mädchen lachen erneut, während sich die freundschaftliche Dynamik am Tisch weiter entfaltet. In diesem Moment scheint die Welt um Julie herum heller zu werden und die peinliche Auseinandersetzung mit Amanda ist schon fast vergessen. Neugierig blickt sie das letzte Mädchen, dem sie noch nicht vorgestellt wurde, an.

Dieses versteht ihren neugierigen Blick und reicht ihr die Hand. „Lea aus Sierra Leone. Freut mich, dich kennenzulernen." Die Konturen ihres Gesichts sind fein und harmonisch, während ihre dunkle Haut an einen warmen goldenen Sonnenstrahl erinnert. Ihre großen dunklen Augen blicken Julie sanft an und ihr pechschwarzes Haar ist geschickt aus ihrem Gesicht gezogen, um dann in vielen kleinen Locken über ihre schmalen Schultern zu fallen.

Sie ergreift Leas warme Hand und schüttelt sie. „Julie aus Miami. Und ja, ich weiß, ich sehe aus, als wüsste ich nicht, wie die Sonne aussieht", lacht sie.

Alle Mädchen lächeln Julie an und Holly sagt unverblümt: „Das liegt nur an deinen schwarzen Haaren. Da sieht man immer blass aus. Hast du dir mal überlegt, dir die Haare etwas heller zu färben?"

„Holly, das ist echt unhöflich", rügt Christina.

„Nein, das ist schon ok, ich mag meine Frisur sowieso nicht und möchte sie verändern. Ich habe das nur gemacht, um meine Eltern zu ärgern."

„Echt, wieso?", fragt Ellie neugierig.

„Ach, lange Geschichte. Nicht gerade das ideale Tischgespräch", antwortet Julie.

„Du kannst uns die Geschichte ja irgendwann erzählen. Aber es scheint, als wärst du hier gestrandet, da deine Eltern mit dir nicht klarkommen", sagt Christina.

„Wie meinst du das?", fragt Julie.

Lea antwortet: „Weil wir hier der Loser-Tisch sind. Welche Eltern wollen schon Loser-Kinder haben?"

„Wenn du es so darstellst", unterbricht Ellie, „sind hier alle Schülerinnen Loser-Kinder!"

„Ich verstehe nicht", entgegnet Julie.

Christina erklärt: „Das hier ist ein Internat für Rich Kids. Alle, die hier sind, kommen aus Familien, die einen Haufen Geld besitzen, aber keine Zeit für ihre Kinder haben. Das ist hier wie ein Auffanglager für die reichen Kinder, die keiner haben will."

„Huh, du kannst das alles aber sehr schwarzmalen", sagt Holly.

„Ist aber zutreffend, außer für Christina", wirft Ellie ein. Julie blickt Christina fragend an.

„Ich habe keine Eltern mehr. Autounfall – lange her. Ich bin bei meiner Oma aufgewachsen", erklärt sie und greift dabei nach ihrem Medaillon. Mit geschickten Fingern öffnet sie es und gewährt Julie einen Einblick auf das Bild, das sich darin befindet. Auf dem Foto lächelt ihr eine sympathisch wirkende ältere Frau, die Julie in den Grundzügen verblüffend an Christina erinnert, entgegen.

Als sie das Medaillon wieder schließt, sagt Holly mit ihrer unbekümmerten Art: „Mir ist das ehrlich gesagt recht. Ich habe hier sehr viel mehr Spaß als zu Hause."

Die Mädchen nicken zustimmend. Auch Julie muss zugeben, dass sie sich, seit sie sich mit ihnen unterhält, nicht mehr einsam fühlt und auch eine seltsame Verbundenheit spürt. Sie sieht Holly an und fragt: „Wo kommst du eigentlich her?"

„Aus Wuhan, China", antwortet Holly.

Julie lacht auf. „China? Solltest du nicht etwas asiatischer aussehen?"

„Jaja. Die am europäischsten aussehende Asiatin, die man je zu Gesicht bekommen hat", lacht Holly. „Ich bin da nur geboren und aufgewachsen, bis ich hierherkam. Meine Eltern kommen eigentlich aus Nordirland, aber mein Vater hat seinen Firmensitz in Wuhan. Du solltest nicht zu viel auf das Äußere geben. Bei jemandem, der aus Miami kommt, würde man auch eher so eine kleine Sportmieze mit Beachbody erwarten."

„So was wie Ellie?", lacht Lea.

„Haha", sagt Ellie gespielt beleidigt.

Julie sieht Ellie an. „Du siehst schon sehr sportlich aus."

„Das liegt an ihrer Sportsucht", lacht Holly.

Christina rollt die Augen. „Können wir uns jetzt mal wieder auf die wichtigen Dinge konzentrieren? Wir haben hier schließlich ein ernstes Anliegen."

Julie wird hellhörig. Doch bevor sie etwas fragen kann, sagt Lea: „Du mit deinen Verschwörungstheorien. Die haben sicher nur keinen Bock auf Schule und sind abgehauen. Machen sich wahrscheinlich in England ein schönes Leben mit Daddys Kreditkarte."

„Worum geht's denn?", fragt Julie neugierig.

Holly beugt sich vor und erklärt mit gesenkter Stimme: „Die meisten von uns sind schon vor ein paar Tagen angekommen. Gestern Morgen dann

gab es eine Riesenaufregung, weil zwei Mädchen aus der Oberstufe plötzlich verschwunden sind. Keiner weiß, wo sie abgeblieben sind. Die ganze Schule war voll mit der Polizei und wurde letzte Nacht abgeriegelt und seit heute darf man auch nur noch zu zweit umhergehen.“

„So was hat Mrs. Wegener vorhin angedeutet“, wirft Julie nachdenklich ein.

Holly nickt eifrig und fährt verschwörerisch fort: „Hier kann keiner raus oder rein, die passen da gut auf uns auf. Auch die große Haupttür war verschlossen. Sogar das riesige Falltor am Eingang zum Burghof in dem Torbogen war heruntergelassen. Mr. Halbrook hat die Polizei gerufen, die die Zimmer der Mädchen auf den Kopf gestellt hat, um nach Hinweisen zu suchen. Aber nichts hat gefehlt. Alles war an seinem Platz. Als hätten sie sich einfach in Luft aufgelöst.“

„Kann es denn nicht sein, dass sie einfach abgehauen sind? Sicherlich kann man über die Mauer klettern, wenn man wirklich hier raus will. Ist doch kein Gefängnis“, sagt Julie skeptisch.

Christina antwortet: „Das stimmt! Und das macht das Verschwinden um so geheimnisvoller. Das ist ein uraltes Gemäuer. Manche glauben, dass es hier paranormale Aktivitäten gibt. Vielleicht haben irgendwelche Geister sie mitgenommen.“

„Also von dir hätte ich so eine wilde Theorie gar nicht erwartet“, lacht Lea.

Christina sieht sie lächelnd an und antwortet: „Na ja, ich habe in der alten Burgchronik die krassesten Theorien über diese Burg gelesen. So abwegig wäre das gar nicht."

„Was ist denn die Burgchronik?", fragt Julie neugierig.

„Da ist alles Wissenswerte über diese alte Burg verzeichnet, auch Geheimtüren und Gänge. Leider fehlen ein paar Seiten, weil sie schon so alt ist. Daher gibt es sicherlich auch geheime Ausgänge, die man nur durch Zufall entdecken kann", erklärt Christina enthusiastisch.

Julie ist skeptisch, ob dies wirklich so eine große Verschwörungstheorie ist, geschweige denn ein Fall, der sich nicht einfach erklären lässt. Wahrscheinlich haben sich die Mädchen einfach aus dem Staub gemacht, weil sie keine Lust auf das neue Schuljahr hatten.

Holly beugt sich vor und flüstert: „Was, wenn es wirklich der Fluch der Falkirk Burg ist?"

Julie sieht Holly befremdet an. „Der Fluch der Falkirk Burg? Veräppelst du mich jetzt? Holst du gleich dein Ouija Board raus und wir beschwören den Falkirk Geist?"

„Auf Falkirk gibt es einen Geist?", fragt Holly erschrocken und Ellie rollt mit den Augen.

Lea greift ein: „Julie macht Scherze, Holly. Es gibt hier keine Geister. Das solltest du wissen, ist ja nicht dein erstes Jahr hier."

Christina wendet sich an Julie. „Der Falkirk Burg wird nachgesagt, dass es hier einen Fluch gibt", beginnt sie zu erklären. „In der Chronik kann man nachlesen, dass im finsteren Mittelalter ein Hexenzirkel die Burg besetzt hielt. Als die Hexen dann im Zuge der grausamen Hexenverbrennungen hier auf dem düsteren Burghof ihr Ende fanden, verfluchten sie die Burg mit letzter Kraft. Die unheilvollen Schatten ihrer Verurteilung sollen sich über die Jahrhunderte hinweg gehalten haben."

„Und was haben sie prophezeit?", fragt Julie neugierig.

Christina senkt ihre Stimme beinahe zu einem Flüstern. „Angeblich prophezeiten sie, dass der Teufel persönlich hier einen Turm errichten wird, um unschuldige Seelen zu fangen. Einen Turm, der als unheimliches Symbol der Verdammnis über die Burg ragt."

„Und der Teufel fängt jetzt die Schülerinnen der St. Mary's?", lacht Julie, kann ihre aufflammende Unsicherheit jedoch nicht gänzlich verbergen.

„So ungefähr", antwortet Christina. „Holly hat zu viel darüber gelesen und bekommt nun immer Angst, wenn man den Fluch nur erwähnt."

„Verstehe", sagt Julie und sieht Holly an. „Du glaubst da wirklich dran?"

„Bisher hat mir noch keiner das Gegenteil bewiesen", antwortet Holly und ein Kribbeln läuft ihr über den Rücken, als sie an die düstere Prophezeiung denkt.

Lucy, das rothaarige Mädchen von vorhin, läuft an dem Tisch der quatschenden Mädchen vorbei und Julie sieht zu ihr auf. Sie lächelt sie nochmal an mit ihren wunderschönen Augen und Julie hat das Gefühl, ihr Herz zerspringt. Als sie verstohlen ihren Blick senkt, bemerkt sie, wie Christina sie ansieht und dabei still in sich hineinlächelt.

Sie hat bemerkt, wie ich Lucy anschmachte, denkt Julie und tut dann so, als wäre nichts.

Die Mädchen unterhalten sich noch eine ganze Weile über den Fluch und die Hexen. Julie weiß nicht, wie ernst sie diese Schauergeschichten nehmen kann, freut sich aber über die nette Gesellschaft. Sie bilden eine multikulturelle Truppe, deren Zusammenstellung man sich nicht hätte erträumen können. An dieser Schule stammen die Schülerinnen allesamt aus wohlhabenden Unternehmerfamilien oder altem Adel. Die Eltern haben wenig Lust, sich intensiv mit ihren Kindern auseinanderzusetzen, legen jedoch großen Wert auf eine qualitativ hochwertige Schulbildung. Ihr Ziel ist es, dass ihre Sprösslinge im besten Fall eines Tages das florierende Familienunternehmen übernehmen können. Mit Ausnahme von Christina, die erzählt, dass sie freiwillig hergekommen ist, da sie sich nach langer Recherche für die bestmögliche schulische Ausbildung entschieden hat, die sie bekommen kann. Auch wenn Julie die anderen vier gerade erst kennengelernt hat, fühlt sie sich schon mit ihnen vertraut

und freut sich sogar ein bisschen auf den kommenden Schulalltag mit ihnen.

„Es ist kurz vor neun. Zeit, sich zu verabschieden", sagt Christina.

Ellie verdreht die Augen. „Musst du immer so pünktlich sein? Hast du während der Sommerferien nicht gelernt, mal zu chillen?"

„Ich habe viel gelernt, wahrscheinlich im Gegensatz zu dir!", antwortet Christina schnippisch. „Dennoch bin ich der Meinung, dass man nur mit genügend Schlaf am nächsten Tag volle Konzentration erreicht."

Julie gähnt. Der Jetlag holt sie langsam ein. „Ich bin sowieso müde. Ich muss mich erst noch an die Zeitverschiebung gewöhnen. Mein Körper denkt, es ist schon zwei Uhr nachts."

„Klar", sagt Holly, „Düsenjetlag!"

Die Mädchen kichern. Sie gehen zusammen die große Treppe hinauf und verabschieden sich. Während alle anderen entweder im linken Korridor wohnen oder auch ein Stockwerk höher, biegt nur Julie in den rechten Flügel des Gebäudes ab. Lächelnd geht sie den Flur entlang. Außer ihr ist keiner mit ihr in dem Gang. Es ist still, nur das leise Geräusch ihrer Schritte auf dem Teppichboden begleitet sie auf dem Weg zu ihrem Zimmer. *Ich glaube, ich werde hier gut zurechtkommen, solange ich nicht ausflippe*, denkt sie. Sie zieht ihr Handy aus der Hosentasche. Ein unbeantworteter Anruf. Sie drückt die Taste ihres Smartphones, um zu sehen, wer sie anrufen wollte. *Mom*, liest sie. *Ich rufe sie morgen vor dem Unterricht an. Jetzt schläft sie sicherlich.* Sie steckt ihr Handy wieder ein.

Plötzlich durchzuckt sie ein eiskalter Schauer und sie bleibt abrupt stehen. Als würde eine eisige, dürre Knochenhand über ihren Rücken streichen, spürt sie einen kühlen Lufthauch. Die düstere Stille des spärlich beleuchteten Flurs verstärkt das unheimliche Gefühl. Für einen Moment steht sie wie erstarrt mit geweiteten Augen in der Dunkelheit und hört ihren eigenen pulsierenden Herzschlag in ihren Ohren. Mit aller Kraft nimmt sie ihren Mut zusammen und dreht sich langsam um. Fast erwartet sie, ein altes Gespenst mit dem Kopf unter dem Arm hinter sich zu sehen, das aus den Schatten der kleinen Wandlampen auftaucht. Als sie sich endlich vollständig umdreht, steht sie allein in dem menschenleeren Flur, zwischen dem Porträt von Queen Mary und ihrer Zimmertür. Sie atmet erleichtert auf und die spürbare Spannung löst sich. *Das ganze Gerede über den Hexenfluch hat mich völlig irre gemacht.* Sie drückt die Tür zu ihrem Zimmer auf und schaltet fast gleichzeitig mit ihrer anderen Hand das Licht an. *Ich sollte mich nicht immer so in alles hineinsteigern. Das hier ist ein altes Gebäude. Wahrscheinlich stand ich in einem Luftzug,* versucht sie sich zu beruhigen und fügt gedanklich hinzu: *... den ich hoffentlich nicht selbst ausgelöst habe!*

Sie stellt ihren Wecker und legt sich ins Bett. Das

Unbehagen lässt sie allerdings nicht mehr los, auch wenn sie versucht, sich mit anderen Gedanken abzulenken. Erschöpft von dem Jetlag fällt sie in einen unruhigen Schlaf. Vor lauter Müdigkeit hat sie die Vorhänge vor ihrem Fenster nicht zugezogen. Der Mond scheint durch das Fenster in ihr Zimmer und zeichnet unheimliche Schatten, die fast wie Gestalten aussehen, an ihre Zimmerwand. Kleine gebückte Kobolde, beinahe lebendig, als würden sie sich im Raum bewegen. Im Schlaf spürt Julie eine unheimliche Präsenz im Zimmer. Ihre Augenlider flattern, als ob sie versuchen würden, die Traumwelt von der Realität zu trennen. Ein leises Rascheln, fast wie das Wispern von geheimnisvollen Stimmen, erfüllt den Raum. Beklemmung schleicht sich in ihr Unterbewusstsein. Unbeirrt von der düsteren Schattenwelt auf ihrer Wand hält die Traumwelt sie jedoch fest in ihrem Griff und sie schläft weiter.

Am nächsten Morgen findet der erste Schultag nicht regulär statt, denn bevor es überhaupt losgehen kann, betritt Mrs. Wegener, gefolgt von Mr. Halbrook, mit besorgtem Gesicht den Großen Saal. Julie hat sich heute Morgen schweren Herzens aus den warmen Decken ihres Bettes geschält und die Zeitverschiebung zehrt noch an ihr. Dennoch hat sie es geschafft, rechtzeitig zum Frühstück zu erscheinen. Nun sitzt sie, mit gut gefülltem Frühstückstablett, wieder an ihrem angestammten Tisch, umgeben von den neuen Freundinnen, die sie erst gestern kennengelernt hat.

Die Oberstudienrätin ruft mit lauter Stimme durch die gesamte Cafeteria, so dass niemand ihre Worte überhören kann: „Ruhe! Mr. Halbrook hat euch etwas zu sagen!"

Alle Blicke richten sich auf die beiden Lehrer, die in der Mitte der Theke der Essensausgabe stehen, wo jeder sie sehen kann. Augenblicklich wird es still. Die Anspannung in der Luft ist förmlich zu greifen. Dann, inmitten dieses schweigenden Erwartens, durchbricht das klirrende Geräusch einer zu Boden fallenden Gabel die Stille. Alle Augen richten sich auf den Ursprung des Geräusches.

„Hach, Entschuldigung!", ruft Ms. Dompton peinlich berührt, „mir ist die Gabel runtergefallen."

Ein abfälliger Blick von Mrs. Wegener trifft die hektische Köchin.

Der Schuldirektor wendet sich wieder den Mädchen im Saal zu und holt tief Luft: „Leider muss ich euch verkünden, dass es einen Fall von Vandalismus an der Schule gegeben hat. Fünf unserer wunderschönen Porträts wurden zerstört." Alle halten den Atem an.

Mr. Halbrook fährt fort: „Jemand hat augenscheinlich mit einem Messer oder einer Schere die Augen aus den fünf Porträts des Ostflügels im ersten Stock herausgeschnitten. Dies ist kein Spiel mehr und hat mit Spaß nichts zu tun! Es handelt sich um eine ernstzunehmende Zerstörung von Schuleigentum. Das ist völlig inakzeptabel und bringt Konsequenzen mit sich!"

„Du wohnst doch da", flüstert Holly Julie zu, „hast du nichts bemerkt? Du musst doch daran vorbeigegangen sein!"

Julie schüttelt den Kopf. „Nein, ich habe nicht

72

drauf geachtet, ich war noch zu müde." Sie hat sich heute Morgen beeilt, durch den Korridor zur Treppe zu kommen, denn auch heute Morgen war sie wieder allein in dem schummrigen Flur und nach dem unheimlichen Erlebnis des letzten Abends wollte sie nicht mehr Zeit als nötig dort verbringen.

Mr. Halbrook fährt fort: „Ich möchte jeden bitten, der etwas darüber weiß, vorzukommen und mit mir zu sprechen. Dies ist ein Schülerstreich, der zu weit gegangen ist, dennoch werden wir eine Lösung finden. Sollte der Verursacher nicht von selbst vortreten und ich finde es anderweitig heraus, wird es für alle Schülerinnen der St. Mary's Boarding School Konsequenzen geben."

„Ein Schulverweis des Verursachers wäre angebracht", wirft Mrs. Wegener ein.

„Nun, das sicher nicht, aber man müsste die Beschädigung des Schuleigentums den Eltern und deren Versicherung melden", beschwichtigt Mr. Halbrook.

„Der kann einfach nicht streng sein", kichert Lea leise.

„Wieso fragen sie nicht mal den Circle of four Losers da drüben? Die stecken doch immer so verdächtig die Köpfe zusammen", ruft jemand von einem der hinteren Tische.

Julie dreht sich zu der Stimme um. Sie kommt von Amanda, die höhnisch grinsend zu ihnen herüberschaut.

Blitzschnell springt Holly auf, ergreift Julies Hand

und reißt sie mit in die Höhe, während sie ruft: „Wenn schon, dann der Circle of FIVE Losers!"

Die Freundinnen sehen Holly erschrocken an.

Ellie schüttelt den Kopf und murmelt: „Na super. Großartig gemacht, Holly."

Julies Herz rast, die Peinlichkeit des Augenblicks und die Wut über Amanda übermannen sie. Wie aus dem Nichts peitscht plötzlich und ohne Vorwarnung ein heftiger Wind durch den Saal. Auf Anhieb fliegen die Tische und Stühle umher, Fensterscheiben zerspringen und die Kronleuchter schaukeln bedrohlich an der Decke. Ein ohrenbetäubendes Geräusch umherwirbelnder Luft erfüllt den Raum, als das Licht der Kronleuchter erlischt. Die Mädchen versuchen verzweifelt, sich gegen die unbändige Kraft des Sturms zu stemmen, während alles um sie herum in Chaos versinkt. Die fünf Freundinnen klammern sich fest aneinander, als eine unheimliche Kraft sie plötzlich auseinanderreißt. In einem wilden Strudel werden sie in verschiedene Richtungen geschleudert und krachen unsanft auf den Boden. Julie prallt gegen die Essenstheke, das Schutzglas zerspringt mit einem lauten Knall. Dann, genauso plötzlich wie der Sturm in der Cafeteria begann, ist alles vorbei. Julie setzt sich mühsam auf, spürt einen stechenden Schmerz in ihrem Steißbein von dem Sturz, aber zum Glück ist abgesehen von einem kleinen harmlosen Kratzer an ihrer Hand durch das zerbrochene Glas nichts weiter passiert. Die Schülerinnen blicken

sich fassungslos quer durch den Raum an, während sich der Staub des mysteriösen Wirbelsturms legt.

Ms. Dompton rappelt sich auf und schlägt die Hände über ihrem Kopf zusammen. „Herrje!", ruft sie aus, „meine schöne Theke!"

Als Julie aufblickt, steht Mrs. Wegener neben ihr. *Wo kommt die denn her und wieso steht sie noch,* denkt sie verwirrt und blickt sich um.

Mit eiligen Schritten kommt jetzt Mr. Halbrook auch auf sie zu und ergreift ihre Hand, um ihr aufzuhelfen. „Alles in Ordnung, Julie?", fragt er besorgt.

Sie antwortet ihm nur mit einem Nicken und sieht sich um. Langsam erheben sich die Schülerinnen nach und nach und die Verwirrung steht allen ins Gesicht geschrieben. Der Große Saal gleicht einem Schlachtfeld. Überall liegen Scherben, umgeworfene Stühle und Tische kreuz und quer im Raum. Dazwischen stöhnende Schülerinnen, die sich diverse Körperteile reiben. Es scheint jedoch so, dass sich niemand ernsthaft verletzt hat.

„Holly, Ellie, Lea, Christina, ist alles in Ordnung mit euch? Euch hat es am schlimmsten erwischt", sagt Mr. Halbrook besorgt und sieht sich nach den anderen vier Mädchen um.

Mrs. Wegener schreitet bestimmt ein: „ALLE hat es schlimm erwischt. Wie sie unschwer erkennen können, rappeln sich gerade alle erst auf!"

Julie sieht die Oberstudienrätin an und versucht

zu verstehen, warum sie missachtet, dass sie und ihre Freundinnen den ärgsten Schaden davongetragen haben. Die Erkenntnis trifft sie wie ein Schlag: *Das war ich*, fällt es ihr wie Schuppen von den Augen. *Holly hat mich an die Hand genommen und wir standen Hand in Hand in der Mitte des Raumes, als der Verdacht aufkam, wir hätten etwas mit den vandalisierten Bildern zu tun. Ich habe es mit der Angst zu tun bekommen und hatte mich nicht mehr im Griff.* Verzweifelt blickt sie sich um und ihr Blick bleibt an der Oberstudienrätin haften, die sie ganz offen ansieht. Beschämt senkt Julie den Blick zu Boden. Sie fühlt sich verzweifelt und kämpft mit den Tränen. *Jetzt bin ich auch hier nur der komische Freak.*

Ms. Dompton stöhnt laut auf. Sie blickt in den Saal und lamentiert: „Wie soll ich das nur wieder aufräumen bis zum Mittagessen?"

Mr. Halbrook räuspert sich und sagt mit fester Stimme: „Der Unterricht muss heute dann wohl ausfallen. Alle, die verletzt sind oder Schnittwunden haben, melden sich bitte bei unserer Krankenschwester im Hospitaltrakt. Sie wird eure Verletzungen versorgen. Mrs. Wegener, kümmern Sie sich um den Rest."

„Einen Moment", entgegnet die Oberstudienrätin, worauf Mr. Halbrook abrupt stehen bleibt. „Ist es nicht merkwürdig, dass es ausgerechnet diese fünf Mädchen, die sich so aufmüpfig benehmen, am schlimmsten erwischt hat?" Sie sieht Mr. Halbrook

herausfordernd an. Christina, Ellie, Lea und Holly sind mittlerweile bei Julie angekommen und stellen sich gemeinsam hinter sie. „Ich verlange ein Gespräch mit den Mädchen!", fordert Mrs. Wegener. „Vielleicht wissen sie mehr, als sie zugeben."

Der Schuldirektor atmet tief ein. Er sieht die fünf Mädchen nachdenklich an. „Nun gut", gibt er in ruhigem Ton nach. „Ich möchte keinen Unfrieden an meiner Schule. Schon gar nicht, bevor das Schuljahr überhaupt erst richtig begonnen hat. Ihr fünf kommt umgehend in mein Büro. Sie auch, Mrs. Wegener!"

Zufrieden nickt die Oberstudienrätin und wendet sich dann an die restlichen Schülerinnen: „Der Rest hilft Ms. Dompton bei der Beseitigung dieses Chaos. Ich werde umgehend veranlassen, dass der Hausmeister einen Glaser kommen lässt, um die Fenster zu reparieren. Auf, auf, Mädchen, je schneller wir zur Tat schreiten, desto schneller können wir mit unserem Alltag fortfahren." Sie sieht die fünf Freundinnen kurz eindringlich an, bevor sie sich abwendet und eilig hinter dem Direktor herläuft.

m Büro bricht eine hitzige Diskussion aus. Mrs. Wegener beschuldigt die Mädchen, etwas mit den Geschehnissen zu tun zu haben. „Ich weiß nicht wie, Mr. Halbrook, aber diese fünf sind für das Chaos verantwortlich. Alle Beweise sprechen dafür!", beharrt die Oberstudienrätin energisch.

„Von welchen Beweisen sprechen Sie? Die Mädchen wurden durch die Luft geschleudert. Das würden sie sich sicher nicht selbst antun. Abgesehen davon wie hätten sie dies überhaupt bewerkstelligen können?", fragt Mr. Halbrook nun etwas ungehalten und mit erhobener Stimme.

Julie weiß nicht, was sie sagen soll, und blickt nur zu Boden. *Das ist alles meine Schuld*, denkt sie, während die anderen Mädchen still der Diskussion der beiden Lehrer lauschen. Keines von ihnen möchte etwas sagen.

„Mr. Halbrook, ich verlange eine genaue Untersuchung der Geschehnisse. Vielleicht eine Zimmerdurchsuchung", äußert die Lehrerin gerade entschlossen.

„So ein Unsinn, Mrs. Wegener. Wir untersuchen hier keine Zimmer. Was glauben Sie denn, was Sie finden werden? Mehrere Laubbläser? Die Sache im Großen Saal hat nichts mit dem Vandalismus zu tun. Ich kann mir nicht erklären, wie oder was dort unten genau passiert ist, aber wir werden dieser Angelegenheit nachgehen, sobald wir sichergestellt haben, dass alle Schülerinnen in Sicherheit sind", entgegnet der Schuldirektor bestimmt.

Er wendet sich an die betretenen Mädchen und sagt mit väterlicher Stimme: „Ich denke, ihr könnt nun gehen und den anderen im Großen Saal helfen, das Durcheinander zu beseitigen. Solltet ihr etwas über die Bilder wissen, wendet euch an mich."

Abermals will Mrs. Wegener zum Protest ansetzen, wird jedoch energisch von ihm unterbrochen: „Keine Widerrede, Mrs. Wegener. Noch bin ich hier der Direktor, noch habe ich das letzte Wort. Also sollte keine von euch verletzt sein, dürft ihr euch den anderen anschließen."

Die fünf Freundinnen bedanken sich höflich und verlassen das Büro des Rektors, ohne die Oberstudienrätin eines Blickes zu würdigen.

In der Cafeteria haben die anderen Schülerinnen bereits einen Großteil der vielen Scherben aufgefegt.

80

Daher beginnen die fünf damit, die Tische und Stühle aufzuheben und an die richtigen Stellen zu rücken.

„Ist euch mal aufgefallen, wie sehr Mrs. Wegener es auf uns abgesehen hat?", fragt Holly.

„Ja, den Eindruck habe ich auch", antwortet Ellie.

„Die denkt ernsthaft, wir haben was mit den kaputten Bildern zu tun", entgegnet Lea. „Aber warum, ist mir schleierhaft."

Vielleicht haben wir nichts mit den Bildern zu tun, denkt Julie und vermeidet Blickkontakt zu den anderen, *aber wenn sie rausbekommen, dass ich an diesem Sturm schuld war, dann wollen sie sicher nichts mehr mit mir zu tun haben.*

Christina bemerkt ihr betretenes Schweigen. „Hey, Julie, alles in Ordnung mit dir?"

Sie nickt zaghaft.

Plötzlich ruft Lea, die gerade einen der Tische zurechtrückt: „Hey, seht mal, hier ist was eingeritzt."

Die Mädchen treten gemeinsam an den Tisch heran.

„COL = Schulclowns", liest Lea vor.

„COL = Circle of Losers", übersetzt Christina. „Die lachen alle über uns."

Ein kurzer markerschütternder Schrei hallt durch die Cafeteria und als die Mädchen erschrocken aufblicken, hält sich Lea mit schmerzerfülltem Gesichtsausdruck die Hand.

Julie fragt besorgt: „Alles in Ordnung?"

Lea jammert: „Aua, es tut so weh, es brennt wie Feuer! Helft mir!"

Julie nimmt Leas Hand und traut ihren Augen nicht. In dem fahlen Licht des Großen Saals scheinen ihre Nägel länger und spitzer zu sein, als es normalerweise möglich ist. Die Konturen ihrer Finger wirken plötzlich animalisch, fast wie die Pfote eines Wolfes. Doch der Effekt verschwindet so schnell, wie er gekommen ist, und Leas Hand zeigt wieder die vertraute menschliche Form. Julie reibt sich die Augen, unsicher, ob sie sich das Ganze nur eingebildet hat.

„Stimmt was nicht mit meiner Hand? Ich kann nicht hinsehen", fragt Lea aufgeregt und kneift ihre Augen zu.

Julie schüttelt verwirrt den Kopf.

„Wie schlimm ist es? Es brennt, als hätte ich einen Strauß Brennnesseln gepflückt!", klagt Lea.

Dann entdeckt Julie einen kleinen Splitter in ihrer Hand. Kaum größer als ein paar Millimeter. „Beruhige dich. Du hast nur einen Splitter. Wahrscheinlich von dem Tisch, den du geradegerückt hast."

„NUR ein Splitter?", ruft die Verletzte aus.

Holly kichert. „Was machst du denn für ein Drama? Komm, ich helfe dir. Ich zieh ihn dir raus", sagt sie.

„Aber sei bitte ganz vorsichtig, du hast keine Ahnung, wie weh das tut", antwortet Lea weinerlich.

„Man, reiß dich mal zusammen. Wir sind vorhin alle durch die Luft geflogen, das war viel schlimmer als das hier", spottet Ellie.

Holly nimmt Leas Hand und versucht vorsichtig, den Splitter mit zwei Fingern herauszuziehen.

Lea wimmert theatralisch: „Auaauaaua!“

„Ich habe dich noch nicht mal berührt“, sagt Holly lachend.

„Man kann nie vorsichtig genug sein“, erklärt Lea und fügt hinzu: „Ich sag schon mal sicherheitshalber Aua, bevor es weh tut.“

Julie fragt besorgt: „Lea, hast du nicht bemerkt, dass der Tisch eine aufgeraute Kante hat, bevor du ihn verrückt hast?“

„Nein“, antwortet ihre Freundin, „ich war zu abgelenkt wegen dem, was auf dem Tisch eingeritzt war.“

„Hab' ihn!“, sagt Holly triumphierend und zwinkert Julie zu. „Danke für das kleine Ablenkungsmanöver.“

„Gern geschehen“, antwortet Julie.

Lea begutachtet ihre Hand. „Hoffentlich entzündet sich nichts“, nörgelt sie besorgt.

Die Mädchen schmunzeln und Christina wechselt das Thema: „Wer hätte Interesse daran, die Bilder kaputt zu machen? Und warum nur in dem einen Korridor?“

„Na ja“, gibt Holly zu bedenken, „Julie war die letzte neue Schülerin, die gestern hier ankam. Es sieht so aus, als würde jemand den Verdacht auf sie lenken wollen.“

„Amanda!“, rufen Lea und Ellie wie aus einem Mund.

„Amanda?", wiederholt Christina. „Nur, weil sie in der kurzen Zeit aneinandergeraten sind? Die fängt doch mit jedem Stress an."

„Vielleicht ist das so was wie ein Aufnahmeritual für sie oder so", mutmaßt Ellie, während sie einen Stuhl an den Tisch rückt.

„Quatsch", winkt Christina ab.

„Ich glaube, ich wurde gestern beobachtet", platzt es aus Julie heraus.

Alle Mädchen starren sie erstaunt an.

Christina findet als erste ihre Sprache wieder: „Beobachtet? Von wem?"

„Ich weiß es nicht. Aber als wir uns gestern verabschiedet haben und ich durch den Korridor zu meinem Zimmer gelaufen bin, war mir so, als würde mir jemand auflauern", erklärt Julie.

„Das hier ist eine alte Burg", beginnt Christina nachdenklich, „man kann sich hier vieles einbilden. Vielleicht musst du dich erst noch an das alte Gemäuer gewöhnen."

„Oder vielleicht hast du den Hexenfluch geweckt!", sagt Holly mit aufgerissenen Augen.

„Jetzt hör mal mit dem blöden Fluch auf. Jemand hat die Augen aus den Porträts ausgeschnitten, wahrscheinlich, weil derjenige Langeweile gehabt hat. Das hat nichts mit irgendeinem Fluch zu tun, sondern nur mit einem Spinner", antwortet Ellie energisch.

Aber Holly lässt nicht locker: „Und wie erklärst

du dir die verschwundenen Schülerinnen? Oder DAS hier?" Sie macht eine ausladende Geste mit der Hand durch den Saal.

Julie weicht ihrem Blick aus.

„Ihr sollt hier nicht rumstehen und schwatzen, sondern helfen aufzuräumen", unterbricht Mrs. Wegener das Gespräch.

Erschrocken drehen sich die Mädchen zu ihr um. Sie blicken sich gegenseitig an.

Ellie ergreift als erste das Wort: „Natürlich, Mrs. Wegener, wir sind schon dabei. Lea hatte nur einen Splitter in der Hand. Wir mussten ihr Hilfe leisten, ihn herauszuziehen."

„Dann helft jetzt mit. Bis zum Mittagessen wollen wir hier wieder Ordnung haben", sagt sie und verlässt die Cafeteria mit typischen staksigen Schritten.

„Wo kam die denn plötzlich her?", fragt Holly.

„Und warum hat sie es bloß so auf uns abgesehen?", will Julie wissen.

„Auf uns? Eher auf dich", wirft Holly ein. „Seit du da bist, ist die so komisch. So war sie doch bisher nie, oder?", fragt sie in die Runde.

„Stimmt", nickt Christina nachdenklich, „normalerweise ist sie nur streng, aber ansonsten ganz umgänglich. Auch dieses plötzliche Auftauchen ist für sie ungewöhnlich."

Ellies Augen durchstreifen den Raum, während das allgegenwärtige Gemurmel der Schülerinnen um sie herumschwirrt. Tische werden eifrig zurechtgerückt und Stühle scharren über den Boden. Trotz des geplatzten Thekenglases und der geborstenen Fensterscheiben, die bei dem heftigen Windsturm im Saal zerbrochen sind, ist es in der Cafeteria fast so lebhaft wie am Morgen, als sich alle zum Frühstück trafen.

Ellie stemmt mit nachdenklicher Miene die Hände in die Hüften. „Mädels, wir sind hier fast fertig. Da heute der Unterricht ausfällt, gehe ich jetzt laufen und lerne heute Nachmittag noch; war in den Ferien ein bisschen faul. Sollen wir uns heute Abend treffen?" Verschwörerisch lehnt sie sich vor und senkt die Stimme: „Ihr wisst schon wo."

„Ich hole Julie ab", sagt Holly augenzwinkernd.

„Zu was holst du mich ab?", möchte Julie wissen.

„Lass dich überraschen", lächelt Lea sie an.

Etwas später sitzt Julie ungeduldig in ihrem Zimmer und starrt auf die Uhr. Obwohl ihre neuen Freundinnen beharrlich schweigen, fühlt sie eine Mischung aus Vorfreude und Neugier.

Das Warten scheint eine Ewigkeit zu dauern und die Spannung steigt mit jeder verstrichenen Minute. Um sich die Zeit während des Nachmittags zu vertreiben, entscheidet Julie sich dazu, ihre neuen Schulbücher genauer unter die Lupe zu nehmen. Sie blättert durch die Seiten, liest interessante Passagen und markiert wichtige Stellen. Das Rascheln der Blätter wird von der gedämpften Geräuschkulisse der Burg und gelegentlichem Gelächter im Innenhof umrahmt, während das Sonnenlicht durch das Fenster fällt, was Julie an ihre Heimat erinnert. Nach ein paar Stunden kann sie der Versuchung nicht widerstehen, das Gelände der Burg zu erkunden. Sie schlendert durch die historischen Gänge, bewundert die alten Gemälde an den Wänden und genießt die beeindruckende Architektur. Im Innenhof betrachtet sie die Burg noch einmal von außen und überlegt kurz, ob einer der beiden Türme vielleicht der berüchtigte verfluchte Turm ist, verwirft diesen Gedanken jedoch schnell. *Das wäre wohl zu offensichtlich!*

Als sie darüber nachdenkt, einen Spaziergang über die Brücke in die Umgebung zu machen, kommen ihr zwei jüngere Schülerinnen entgegen. Sie erinnern sie daran, dass es verboten ist, allein unterwegs zu sein. Da Julie wenig Lust verspürt, möglicherweise noch mehr Ärger mit Mrs. Wegner zu bekommen, beschließt sie, sich stattdessen wieder in ihr Zimmer zurückzuziehen.

Pünktlich um 18 Uhr macht sie sich auf den Weg zum Abendessen. Der Speisesaal ist gefüllt mit lebhaften Gesprächen und dem klirrenden Klang von Besteck. Sie sucht vergeblich nach ihren neuen Freundinnen und vermutet, dass sie, genauso wie sie selbst zuvor, in ihre Büchern vertieft sind oder, zumindest bei Ellie, vielleicht noch sportlichen Aktivitäten nachgehen. Ihre Vorfreude auf das, was der Abend bringen wird und wozu Holly sie später abholen wird, bleibt bestehen, auch wenn ihr die Geschehnisse des Morgens noch immer durch den Kopf schwirren. Dennoch kehrt sie mit einem freudigen Kribbeln im Bauch zu ihrem Zimmer zurück. Dort angekommen schaut sie auf die Uhr. 19 Uhr. Vielleicht ist ihre Mutter noch wach. Sie sucht den Kontakt ihrer Mutter heraus, tippt auf die Anruffunktion und wartet das Läuten ab. Es klingelt dreimal, dann wird der Hörer abgenommen.

„Winters“, meldet sich ihre Mutter.

„Hi Mom, ich bin's, Julie.“

„Hallo Schatz, geht es dir gut?“

„Ja, alles gut hier. Ich habe schon Freunde gefunden!“

„Hoffentlich nette Freunde, nicht solche komischen, wie du sie hier hattest“, entgegnet ihre Mutter abfällig.

„Mom, hier ist etwas Seltsames passiert“, setzt Julie gerade an, als ihre Mutter sie unterbricht: „Schatz ich muss leider auflegen. Dr. Mahmoodi versucht mich gerade auf der anderen Leitung zu erreichen. Ich hoffe, er sagt mir nicht meinen Augenlifting-Termin für morgen ab. Schön, dass du Spaß in dem neuen Internat hast. Ruf doch einfach am Wochenende nochmal an“, sagt ihre Mutter, und bevor Julie etwas erwidern kann, legt sie auf. Enttäuscht wirft sie ihr Handy auf das Bett. *Ich bin so weit weg und immer noch bin ich ihr egal*, denkt sie verärgert. Dann hört sie auf dem Flur ein Geräusch. Sie schleicht sich leise zur Tür ihres Zimmers und riskiert einen vorsichtigen Blick durch den schmalen Spalt in den Flur. Der Hausmeister ist eifrig damit beschäftigt, die beschädigten Bilder von den Wänden zu nehmen. Die Gemälde sind schwer und sperrig, und er versucht verzweifelt, sie alle zusammen unter seinem Arm zu balancieren. Ein leises Knarren der Dielen unter dem Teppich begleitet ihn, während er damit kämpft, die wertvollen Kunstwerke sicher abzutransportieren. Schließlich gibt er auf, lehnt eines der Bilder frustriert an die Wand und klemmt sich dann die restlichen, vermutlich leichteren Gemälde unter seine Arme. Mit angehaltenem Atem beobachtet Julie, wie er vorsichtig den Flur hinuntergeht und ihr Blick fällt auf das Bild, das er zurückgelassen hat. Sie versichert sich zu beiden Seiten, dass niemand auf dem Flur ist. Dann tritt sie hinaus und schleicht zu dem Bild, welches er stehen gelassen hat. *Queen Mary*, denkt sie, als sie das Porträt erkennt. *Wer sonst.* Sie tritt näher an das Bild und fixiert die ausgeschnittenen Augen, die wie leere schwarze Höhlen eines Totenschädels wirken. Ein unbehagliches Gefühl legt sich wie ein eiskalter Schleier um ihre Schultern, als sie noch näher an das Bild herantritt. Ein leicht verbrannter Geruch kriecht in ihre Nase, kaum merklich, doch deutlich präsent – ein schwefeliger Hauch, der sich mit der Dunkelheit des Raumes zu einer bedrohlichen Beklommenheit vereint. Ihr Herz klopft schneller, als sie realisiert, dass die Augen nicht einfach herausgeschnitten wurden. Nein, sie wurden herausgebrannt. Der Gedanke jagt ihr einen Schauer über den Rücken und wird von einem leichten Windhauch begleitet, der plötzlich durch den Flur streicht. Nicht besonders stark, aber ausreichend, um ihr den Emo-Pony aus den Augen zu wehen. *Bitte nicht schon wieder*, denkt Julie. „Du musst dich beruhigen!" Sie schimpft leise mit sich selbst und entscheidet sich, einen Moment

innezuhalten. Mit geschlossenen Augen versucht sie, sich auf ihre Atmung zu konzentrieren, den unruhigen Herzschlag zu besänftigen. Ein Flüstern in ihrem Inneren mahnt zur Gelassenheit. Als sie ihre Lider wieder öffnet, ist der Wind vorbei. Sie atmet tief durch und sieht sich erleichtert um. Ihr Blick wandert zur Seite, in Richtung der Treppe. Plötzlich stockt ihr der Atem.

Am Ende des Korridors steht Lucy und ein offenes Lächeln spielt um ihre Lippen. „Hey, du bist die Neue. Julie, wenn ich mich richtig erinnere?", sagt sie freundlich, während sie auf Julie zukommt und vor ihr stehen bleibt.

„Ja, die Neue."

„Ich bin Lucy." Julie starrt ihr in die leuchtend grünen Augen, unfähig, ein Wort herauszubekommen.

„Am Wochenende ist der Welcome Ball. Riesenparty und so. Gehst du hin?"

„Wieso?"

„Wieso?", wiederholt Lucy lachend. „Ich dachte, da du neu bist und noch nicht viele kennst, wäre es vielleicht nett, wenn du mit jemandem hingehen könntest. Ich kann dich einem paar meiner Freunde vorstellen."

„Ich hab' Freunde. Ich meine, ja, mal sehen", stammelt Julie und kann sie kaum ansehen, ohne rot zu werden.

Lucy wirft einen Blick auf das Porträt an der Wand. „Schon gruselig, so ohne Augen", sagt sie.

„Ja, gruselig", murmelt Julie. *Man, stell dich nicht so blöd an. Sag was Lustiges*, denkt sie verzweifelt, aber ihr fällt nichts Passendes ein.

Lucy fährt sich mit der Hand durch die dunkelroten kurzen Haare.

Wie das Abendrot, denkt Julie und sie spürt ihr Herz schneller schlagen.

„Ja dann gib mir doch Bescheid, sobald du weißt, ob du mitkommen willst", sagt Lucy und bevor Julie etwas erwidern kann, wendet sie sich ab und verlässt sie.

Julie bleibt, immer noch von der unerwarteten Begegnung überrascht, zurück. *Super, Julie, das hast du ganz toll hinbekommen!*, schimpft sie mit sich selbst und schaut Lucy hinterher.

Auf der anderen Seite des Korridors, am großen Buntlichtglasfenster vorbei, erkennt sie eine Gestalt am Treppenabsatz. Lucy geht gerade arglos an der Person vorbei und nickt ihr kurz zu. Als die Gestalt aus dem Schatten tritt, erkennt sie das durchdringende Gesicht von Mrs. Wegener. Lucy geht die Treppe hinunter und verschwindet langsam aus ihrem Sichtfeld. Julies Blick trifft den der Oberstudienrätin, die sich langsam auf sie zubewegt.

Sie bleibt direkt vor Julie stehen, nur wenige Zentimeter entfernt, und ihr intensiver Augenausdruck fixiert sie geradewegs. „Was machst du da?", fragt sie in einem ruhigen, strengen Ton.

„Nichts", antwortet Julie so unbekümmert, wie es nur geht. „Ich habe mich nur mit Lucy unterhalten und wir haben uns das kaputte Bild angeschaut."

„So, so", sagt die Oberstudienrätin und tritt noch einen Schritt näher heran. Mit leiser Stimme droht sie: „Du bekommst hier keinen Welpenschutz, nur weil du neu bist. Ich rate dir, dich zu benehmen, sonst nutzt dir das viele Geld deiner Eltern nichts, um dir deinen Platz an dieser Schule zu sichern. Wir wissen aus deiner Schulakte, dass du in deinem Heimatland einige Probleme verursacht hast. Das wirst du hier nicht tun. Verstanden?"

Julie nickt nur und Beklommenheit steigt in ihr auf.

„Naaa? Wen haben wir denn da bei einem kleinen Pläuschchen?", schreckt Mr. Halbrook Julie und ihr Gegenüber auf.

Die Lehrerin tritt einen Schritt zurück und antwortet mit einem falschen Lächeln: „Ich habe sie dabei erwischt, wie sie den Vandalismus begutachtet hat", sie sieht Julie an, „hoffentlich nicht ihre Tat."

„Aber, aber, Mrs. Wegener, wir werden doch nicht gleich unsere neue Schülerin verdächtigen", lenkt Mr. Halbrook ein und zwinkert Julie gutmütig zu. „Ich denke, der Schuldige wird sich seiner Verantwortung bewusst sein und bald hervortreten. Bis dahin warten wir einfach ab und finden uns endlich in unseren Schulalltag ein."

„Mr. Halbrook", entrüstet sich die Oberstudien-rätin, „ich muss Sie doch nicht darauf hinweisen, dass das Zerstören von Schuleigentum kein normaler Schülerstreich ist. Vor allem in diesem Fall."

„Richtig, das müssen Sie nicht, liebe Mrs. Wegener, dennoch bin ich der Meinung, sollten wir die Kirche im Dorf lassen."

Der Schuldirektor lächelt Julie versöhnlich an. Er blickt sich im Korridor um. „Vielleicht sollten wir die Tat zum Anlass nehmen und diesen Flur renovieren. Hier ist es sehr düster."

Julie erwidert sein Lächeln, erleichtert über seine Ablenkung, während die Oberstudienrätin den Mund zu einem Protest öffnet, dann besser doch nichts sagt. Mr. Halbrook räuspert sich und fährt fort: „Nun denn, ich habe noch zu tun und es wird langsam spät. Julie, du kannst jetzt gehen und Mrs. Wegener ...", er nickt in Richtung der Oberstudienrätin, „Sie müssen doch sicher nachsehen, ob Ms. Dompton noch irgendetwas braucht."

„Natürlich, Mr. Halbrook, wie Sie wünschen", ant-wortet sie pikiert und schiebt sich hastig an ihm vorbei.

Der Rektor verabschiedet sich mit einem freund-lichen Nicken von Julie und folgt Mrs. Wegener dann den Korridor entlang die Treppe hinunter.

Julie blickt ihnen einen Moment hinterher, schüt-telt dann leicht ihren Kopf und geht zurück in ihr Zimmer. *Die ist doch nicht ganz normal*, denkt sie, als

94

sie sich auf ihr Bett fallen lässt. Bei der Erinnerung an das plötzliche Erscheinen der Lehrerin und der drohenden Art, wie sie mit ihr gesprochen hat, bekommt sie eine Gänsehaut. Sie beschließt, den anderen später von ihrer Beobachtung der ausgebrannten Augen und der unheimlichen Unterhaltung mit der Oberstudienrätin zu erzählen. Langsam manifestiert sich das Gefühl, dass diese es auf sie abgesehen hat. Julie kann sich darauf aber keinen Reim machen, schließlich ist sie gerade einmal seit einem Tag da. *Vielleicht haben die anderen eine Idee,* denkt sie. Um 21 Uhr klingelt die Nachtglocke und das Licht auf den Fluren wird gelöscht. Die Dunkelheit hüllt das Internat ein, während Julie ganz in Gedanken an Lucy und ihre Einladung zum Welcome Ball versunken ist. Ihre Augenlider werden schwer und fallen zu. Sie ist gerade eingedöst, als die Stille ihres gemütlichen Zimmers von einem leisen Klopfen durchbrochen wird.

in schmaler Spalt öffnet sich in der Tür und Holly lugt mit einem breiten Grinsen herein. „Bereit?", fragt sie.

„Ich war noch nie bereiter", lacht Julie. „Aber erst muss ich dir noch kurz was erzählen."

Holly schiebt die Tür weiter auf, betritt Julies Zimmer und lässt sich neben sie auf das Bett fallen. „Hoffentlich ein cooles Geheimnis?", fragt sie aufgeregt. „Ich liebe Geheimnisse, allerdings kann ich sie nicht besonders gut für mich behalten. Hat es was mit Lucy zu tun?"

„Wieso mit Lucy?", möchte Julie wissen und versucht möglichst unbekümmert zu wirken.

„Ich habe bemerkt, wie du sie in der Cafeteria angesehen hast. Ich denke, alle haben das bemerkt."

„Nein, es hat nichts mit ihr zu tun", antwortet Julie rasch. „Es ist auch kein Geheimnis, eher eine Beobachtung!"

Holly klatscht in die Hände und jauchzt: „Eine Beobachtung darf ich weitererzählen, juhu!"

Julie kichert. Hollys Unbekümmertheit empfindet sie als erfrischend. Dann lehnt sie sich vor und senkt die Stimme. „Der Hausmeister hat vorhin alle Bilder außer dem von Queen Mary mitgenommen", sagt sie und wird von Holly unterbrochen, die aufgeregt ausruft: „Das hat was zu bedeuten!"

Julie sieht sie zweifelnd an und schüttelt den Kopf. „Nein, das noch nicht", sagt sie, „Lass mich bitte zuerst ausreden."

„Ok, ich bin still", sagt Holly und tut so, als würde sie sich den Mund wie mit einem Reißverschluss zuziehen.

„Also, ich habe mir das Bild mal genauer angesehen: Da habe ich festgestellt, dass die Augen nicht ausgeschnitten wurden, sondern ausgebrannt!"

Hollys Augen weiten sich, doch sie wagt nicht, sie zu unterbrechen.

„Aber das ist noch nicht alles! Plötzlich war Mrs. Wegener da und sagte so etwas wie, ich hätte keinen Welpenschutz, nur weil ich neu wäre. Ich hatte fast den Eindruck, sie wollte mir Angst machen."

Holly, plötzlich nervös, blickt zu Boden. „Hast du Mrs. Wegener gesagt, dass die Augen aus den Bildern ausgebrannt waren und nicht ausgeschnitten?", fragt sie zögerlich.

„Nein. Aber darum geht es mir eigentlich nicht.

98

Eigentlich wollte ich von dir wissen, ob du dir vorstellen könntest, warum Mrs. Wegener etwas gegen mich haben könnte?"

„Keine Ahnung. Können wir jetzt los?", fragt Holly gleichgültig.

Irritiert über diese plötzliche Stimmungsschwankung beschließt sie, es ruhen zu lassen und antwortet schnell: „Äh, ja klar. Was machen wir denn jetzt?"

„Jedenfalls nichts anzünden", murmelt Holly leise.

„Wie bitte?", fragt Julie und glaubt, sich verhört zu haben.

„Nichts", antwortet Holly und lächelt sie gekünstelt an. „Hast du eine Taschenlampe?"

Julie nimmt ihr Handy und schaltet die Taschenlampenfunktion ein.

„Sehr gut, das reicht."

Die beiden Mädchen schleichen wie zwei Schatten aus dem Zimmer und bewegen sich lautlos den düsteren Flur entlang. Holly, an der Spitze der geheimen Expedition, macht vor einer der Säulen Halt, die den Korridor auf beiden Seiten schmücken. Sie dreht sich zu Julie um, ihre Augen glänzen im fahlen Licht und ein verschmitztes Grinsen huscht über ihr Gesicht. Ohne ein Wort geht sie hinter den Pfeiler, legt beide Hände dagegen und eine verborgene Tür öffnet sich.

„Eine Geheimtüre auf der Rückseite der Säule!", flüstert Julie aufgeregt. „Die hätte ich von vorne nie gesehen."

„Ziemlich cool, oder?", grinst Holly leise. „Dieses uralte Gemäuer ist voller Geheimtüren und Gänge. Viele sind nicht auf der Karte in der großen Chronik verzeichnet, du weißt schon, die fehlenden Seiten. Aber dieser hier schon, auch wenn die Hausordnung besagt, dass man sich nicht in den inoffiziellen Gängen der Burg aufhalten darf."

Sie schleichen durch die Geheimtür hindurch und setzen ihren Weg fort, eine steile, schmale Treppe hinauf, die sich aus dem massiven Pfeiler emporwindet. Jeder Schritt hallt in dem engen Raum wider, während die Dunkelheit sie umschließt. Eine kleine halbrunde Holztür, die gerade hoch genug ist, dass beide hindurchpassen, offenbart sich auf der linken Seite der Treppe, die noch weiter nach oben führt. Julie erkennt im Schein ihrer Handylampe ein Stück weiter oben eine kleine Einbuchtung an der Steinwand, auf der sie getrocknetes Wachs von einer längst erloschenen Kerze ausmachen kann. Ein schwacher Lichtschein dringt durch die Ritzen der kleinen Tür, vor der sie stehen, enthüllt jedoch nicht, was jenseits des Durchgangs liegt. Holly schaut Julie kurz an und öffnet ohne ein Wort die niedrige Holztür. Die kühle Nachtluft empfängt sie, als sie gemeinsam in den fahlen Mondschein hinaustreten.

„Wo sind wir hier?", fragt Julie, sich umblickend.

„Auf dem flachen Dach der Burg. Quasi über deinem Zimmer", antwortet Holly.

„Und wohin führt die Treppe, wenn man ganz nach oben geht?", möchte Julie wissen.

„Da kommt man in eine Dachkammer. Ich glaube, von da aus hat man die Burg früher verteidigt. Wir gehen da eigentlich nicht hin – ich war nur einmal dort oben. Außer ein paar Tauben gibt es da nichts. Komm, hier lang." Sie deutet über das Dach zu einer weiteren Tür, die in den anderen Turm führt. „Der zweite Wehrturm", erklärt Holly, während sie ihn zusammen betreten.

„Sicher, dass es nur der alte Wehrturm ist und nicht der Turm, den der Teufel errichtet hat, um Seelen zu fangen?", scherzt Julie, während sie sich neugierig umsieht.

„Ja, ja, lach du nur, aber wenn der Teufel dich holen kommt, komm nicht heulend zu mir gerannt!", neckt Holly.

Ihr Weg führt über eine weitere steile, knarrende Holztreppe, die sich weiter nach oben windet und in einer Art Vorraum endet. Der Vorraum ist so niedrig, dass Julie die Decke mit ihrer Hand berühren kann. Holly ignoriert die Tür auf der rechten Seite und greift stattdessen nach einem Schürhaken, der scheinbar achtlos in einer dunklen Ecke lehnt. Das Hakenende verbindet sie geschickt mit einem Ring an der Decke, den Julie bisher nicht bemerkt hat, und öffnet mit einem ruckartigen Zug eine Falltür. Mit einem durchdringenden Quietschen gibt die Luke den Blick auf eine ausziehbare Leiter frei. Holly grinst Julie an und klettert behände hinauf. Julie zögert.

„Komm schon hoch!" Holly lacht, doch ihr Kichern klingt merkwürdig gedämpft und hallt in dem engen Raum wider.

Julie nimmt all ihren Mut zusammen und steigt zögerlich die Leiter hinauf. Jede Stufe scheint unter ihren Füßen zu knarren und die Dunkelheit um sie herum wird nur von dem Schein des Lichts ihres Handys durchbrochen. Unter dem Dach des Turms trifft sie auf Ellie, Lea, Christina und Holly, die sie lächelnd willkommen heißen. Mit staunendem Blick erkundet Julie dieses zauberhafte Versteck, während ihr Mund vor Verwunderung und Begeisterung weit offensteht. Sanfte Melodien klingen leise aus einer unauffälligen Musikbox. Der kleine runde Raum ist durchdrungen von Gemütlichkeit, dank einer Vielzahl von farbenfrohen Kissen, die den flauschigen Teppich schmücken. In einer Nische des Raumes stapeln sich Comics vor einer kleinen Schreibtischlampe, die von einem bunten Batiktuch umhüllt ist und dadurch Behaglichkeit ausstrahlt. Die Wände und die spitz zulaufende Decke sind geschmückt von unzähligen Lichterketten, die den Raum zusätzlich in warmes Licht tauchen. Durch ein rundes Dachfenster scheint der helle Nachtmond herein und beleuchtet eine große Weltkarte an der gegenüberliegenden Wand. Auf der Karte fallen Julie sofort vier kleine Fähnchen auf, die in verschiedenen Ländern ihren Platz gefunden haben.

„Willkommen im Geheimversteck des Circle of Losers", verkündet Holly mit feierlich ausgebreiteten Armen.

„Wahnsinn!", ist das Einzige, was Julie herausbekommt.

Ellie, die gemütlich auf drei Kissen liegt, nimmt eine Tafel Schokolade von einem niedrigen Konsolentisch und streckt sie Julie hin. „Hier, willst du was? Alles, was hier rumliegt, teilen wir miteinander", lächelt sie.

Julie winkt ab und stottert: „Habt ihr das hier alles aufgebaut?"

„Ja, im letzten Schuljahr", sagt Lea stolz. „Hier treffen wir uns regelmäßig zum Quatschen. Keiner außer uns weiß etwas davon. Das soll auch so bleiben. Und jetzt, wo du zu uns gehörst, müssen wir dich einweihen."

„Wow, das ist echt cool!"

Lea schiebt Julie zwei der großen flauschigen Kissen hin, auf denen sie es sich sofort bequem macht.

„Wir haben letztes Jahr nach und nach alles hier hochgebracht", erklärt Christina. „Vielleicht hast du inzwischen bemerkt, dass wir nicht gerade die Beliebtesten der Schule sind. Da dachten wir, es wäre schön, einen Rückzugsort zu haben. Als Lea dann zufällig diesen Turm fand, haben wir ihn uns kurzerhand gemütlich eingerichtet."

„Du hast das hier zufällig gefunden?", fragt Julie und sieht Lea fragend an.

„Ja … du weißt schon … man geht so rum und entdeckt dann eben was", weicht Lea ihrer Frage aus.

„Man kann sich nicht immer mit seinen Fans abgeben", sagt Holly theatralisch.

„Na ja, Fans habt ihr nicht gerade, wenn sie euch den Circle of Losers nennen", lacht Julie. „Aber ich denke, ich passe hier ganz gut rein. Zu Hause in Miami war ich auch nicht gerade beliebt."

Ellie kichert und beginnt, Sit-ups zu machen. „Hier können wir in Ruhe gemeinsam abhängen, ohne dass uns dabei einer stört."

Ein überwältigendes Gefühl, zum ersten Mal wirklich akzeptiert zu werden, breitet sich in Julie aus. „Ich bin gerne Mitglied im Circle of Losers, wenn ich dadurch mit euch zusammen sein kann. Es ist verrückt: Ich bin kaum hier angekommen, aber durch euch fühle ich mich hier schon richtig zugehörig. Zum ersten Mal in meinem Leben!"

Die Mädchen blicken sich gegenseitig lächelnd an.

Dann sagt Lea: „Das Problem, das die anderen mit uns haben, ist, dass wir in bestimmten Dingen Ausnahmetalente sind. Streber!"

„Echt jetzt?" Julie stützt sich interessiert auf ihren Ellenbogen auf. „In welchen Dingen?"

„Ich kann supergut Klavier spielen", sagt Holly stolz. „Ich spiele nach Gehör und habe mit fünf Jahren schon Konzerte gegeben. Ellie ist so gut in Sport, die könnte glatt in drei Disziplinen gleichzeitig an den

Olympischen Spielen teilnehmen. Und Lea ist künstlerisch begabt und hat als Kind schon Vernissagen mit ihren Bildern veranstaltet."

Julie sieht Christina fragend an. „Ich habe ein Händchen für Sprachen", erklärt sie. „Es fällt mir leicht, sie zu verstehen und neue Schriftarten zu lernen."

„Und du?", fragt Holly Julie. „Kannst du auch irgendwas besonders gut?"

„Ich habe ein gutes Tech-Verständnis. Ich kann gut mit Computern und so umgehen."

„Wie so ein Hacker?", fragt Holly.

„Wahrscheinlich", antwortet Julie lachend, „und ich habe ein außerordentliches Talent, Menschen auf den Nerv zu gehen. Vor allem meinen Eltern."

Die Mädchen nicken kichernd.

„Lass mich raten", beginnt Christina, „dein Vater ist irgendein Multimillionär und hängt immer am Handy und deine Mutter ist entweder nur mit sich selbst beschäftigt oder mit ihrem Tennistrainer durchgebrannt."

Julie sieht Christina fragend an, die mit ihrer Hand auf die anderen Mädchen deutet. „Ihr seid alle nur von euren Nannys erzogen worden und nicht von euren Eltern?

Ihr kommt alle aus reichen Unternehmerfamilien?", fragt Julie.

„Jep", lacht Holly. „Solange die Eltern zahlen, ist man hier willkommen und die Eltern müssen sich nicht mit uns abgeben. Allerdings bin ich für meinen Teil froh, hier zu sein. Diese Mädels sind für mich ein perfekter Familienersatz. Sisters before Misters!“ Sie nimmt die neben sich sitzende Christina in den Arm.

Die wehrt sie ab und lacht: „Holly hat noch eine zweite Stärke neben dem Klavierspielen: eine unerschütterliche Positivität! Außerdem vergisst sie gern. Ich bin nicht hierhergeschickt worden, sondern hab’ mir das hier ausgesucht. Ich habe schon lange keine Eltern mehr, denen ich auf die Nerven gehen könnte.“

„Was ist denn genau passiert? Möchtest du das erzählen?“, fragt Julie vorsichtig.

„Sie starben bei einem Autounfall, hatte ich dir ja schon gesagt. Ich war erst zwei Jahre alt, kann mich also kaum an sie erinnern. Ich hatte das Glück, bei meiner Oma aufzuwachsen, die mir Elternteil und Freundin zugleich ist. Aber hier habe ich die besten Möglichkeiten für mich gesehen.“

„Christina wird irgendwann Präsidentin der gesamten Welt und dann leben wir alle in vollkommener Harmonie“, witzelt Holly und Christina winkt lachend ab.

„Ich kann, wie gesagt, Menschen richtig gut auf die Nerven gehen“, sagt Julie. „Kaum lernen sie mich kennen, mögen sie mich nicht. Das habe ich innerhalb der letzten vierundzwanzig Stunden schon an Mrs. Wegener und Amanda bewiesen. Die haben es beide auf mich abgesehen.“

Holly zwinkert in die Runde: „Aber bei Lucy scheint dein Zauber noch nicht gewirkt zu haben.“

„Lass sie in Ruhe", winkt Lea ab, „Amanda hat mit jedem ein Problem, aber wieso glaubst du, dass Mrs. Wegener es auf dich abgesehen hat?"

„Ist doch nicht so wichtig", wehrt Holly ab und Julie versteht nicht, warum ihre Vermutung von ihr so gleichgültig aufgenommen wird.

„Klar ist das wichtig", sagt Lea und sieht Julie fragend an.

„Ich hab' Mrs. Wegener vorhin auf dem Korridor vor meinem Zimmer getroffen und ich hatte den Eindruck, sie hatte mir dort aufgelauert."

„Was verschlug dich denn auf den Flur?", fragt Christina mit einer leicht erhobenen Augenbraue.

„Der Hausmeister konnte nicht alle Porträts gleichzeitig tragen und ließ deshalb eines zurück."

Bevor sie weitererzählen kann, wird sie von Holly unterbrochen: „Sie hat sich das Bild eben genauer angesehen!"

Julie bemerkt Hollys aufkommende Nervosität.

„Genau", ergreift sie irritiert erneut das Wort, „ich habe das Bild eingehender betrachtet und dabei etwas Ungewöhnliches entdeckt."

Wieder wird sie von Holly unterbrochen. „Möchte sonst noch jemand etwas zu trinken? Hier oben ist es heiß heute, oder nicht?"

„Komm schon, Holly", fährt Ellie dazwischen, „lass sie doch ausreden!"

Julie sieht Holly an und bemerkt rote hektische

Flecken an ihrem Hals. Die anderen Mädchen sind dagegen aufmerksam und lauschen weiter gespannt ihrer Erzählung.

Julie teilt ihre beunruhigende Entdeckung mit: „Die Augen wurden nicht aus den Porträts herausgeschnitten, sondern regelrecht herausgebrannt."

Ein verwirrtes Schweigen legt sich über die Gruppe, denn keine kann sich erklären, was das bedeuten kann.

Plötzlich durchbricht Hollys lautes Niesen die Stille. Das „Hatschi" zerreißt die gespannte Luft und lässt alle erschrocken zusammenzucken.

„Mein Gott, Holly, hast du uns erschreckt!", fährt Christina sie an.

Doch bevor Holly etwas erwidern kann, ruft Lea plötzlich: „Achtung! Es brennt!"

Eine kleine Stichflamme räkelt sich lautlos auf dem Stapel Comics empor.

Bevor die Mädchen reagieren können, niest Holly ein zweites Mal. „Haaaatschi!"

Das Kissen neben Julie steht plötzlich in Flammen und nach einem dritten lauten „Hatschi" von Holly entzündet sich auch eine weitere Stichflamme auf dem Konsolentisch hinter Ellie. Diese erschrickt und springt zur Seite, wobei sie gegen das Sixpack Wasser stößt, das auf dem Boden steht.

„Du meine Güte, wir müssen das löschen!", ruft Christina panisch aus.

108

Ellie nimmt blitzschnell eine Flasche Wasser aus dem Sixpack, schraubt den Verschluss ab und schüttet sich Wasser über die Hand. Die drei kleinen Feuer haben sich nun schon ausgeweitet; dicke schwarze Rauchschwaden verteilen sich langsam in dem kleinen Turmzimmer. Christina rennt zu dem kleinen Dachfenster und öffnet es. Mit einer kleinen Handbewegung, als würde sie eine Fliege vertreiben wollen, schüttelt Ellie das Wasser auf ihrer Hand in Richtung der ersten kleinen Flamme der Comics. In einem Sekundenbruchteil entsteht aus den kleinen Tropfen eine regelrechte Wasserfontäne und löscht die größer werdenden Flammen. Erneut schüttet sie sich etwas Wasser aus der Flasche auf die Hand und wiederholt die Bewegung in die Richtung der brennenden Kissen. Wieder entsteht vor den überraschten Augen der Freundinnen eine Wasserfontäne, die das Feuer sofort erstickt. Sie stehen mit offenen Mündern da und sehen ihr verblüfft zu. Bevor jemand reagieren oder etwas sagen kann, wiederholt sie dasselbe in Richtung der brennenden Konsole. Holly, die aufgeschreckt aufgesprungen war, steht im Weg der Wasserfontäne und bekommt eine ganze Ladung Wasser ab.

„Sorry", ruft Ellie und wiederholt die Bewegung mit ihrer nassen Hand erneut, wodurch auch das Konsolentischchen gelöscht wird. Alle starren sie mit großen Augen fassungslos an.

Ellie erkundigt sich bei ihrer triefend nass dastehenden Freundin: „Geht es dir gut?“

„Ich … bin … ganz nass“, stottert Holly und fragt im selben Atemzug: „Wie hast du das gemacht?“

Ellie sieht die Mädchen nacheinander an. Dann sagt sie in ruhigem Ton: „Ich bin nicht nur eine gute Sportlerin,“ sagt sie seufzend. „… schätze, ich muss euch mein größtes Geheimnis verraten.“

Darum würde ich aber bitten", findet Christina die Sprache als erste wieder. „Was war das? Ein Zaubertrick?"

Ellie sieht sie an und antwortet zögerlich: „Nein, kein Zaubertrick. Ich kann das eben."

„Du kannst WAS eben?", fragt Lea energisch. „Wasser kontrollieren?"

„Genau das", antwortet Ellie. „Lasst es mich erklären: Als ich vier Jahre alt war, bin ich in den Pool bei uns zu Hause gefallen. Ich konnte nicht schwimmen. Ich war meiner Nanny entwischt und allein im Garten unterwegs. Ich stolperte und fiel ins Wasser. Ich versuchte an die Wasseroberfläche zu kommen, aber ega,l wie sehr ich strampelte, ich schaffte es nicht. Als mir langsam die Luft ausging, atmete ich ein. Statt Luft saugte ich aber nur Wasser ein. Ihr habt keine Ahnung, wie das in den Lungen brennt, den Schmerz werde ich nie vergessen."

„Das muss furchtbar gewesen sein", bemerkt Julie mitfühlend.

„Das war es", antwortet sie, „obwohl ich erst vier Jahre alt war, wurde mir klar, dass meine Zeit knapp wurde. Panik überkam mich. Ich sehnte mich so sehr danach, das Wasser über mir verschwinden zu lassen, um wieder an der Oberfläche zu sein. Und dann geschah es: Das Wasser teilte sich plötzlich! Es öffnete sich wie die Seiten eines aufgeschlagenen Buches und im nächsten Moment saß ich auf dem Boden des Pools. Ein Hustenanfall durchzog mich, ich bekam wieder Luft. Als meine Augen nach oben wanderten, türmte sich das Poolwasser links und rechts an den Wänden auf. Am Beckenrand standen meine entsetzte Nanny und meine aufgebrachten Eltern. Ich stand auf und rannte über die Pooltreppe auf sie zu. Als ich auf der Terrasse unversehrt vor ihnen stand, platschte das Wasser einfach wieder in den Pool, als wäre nichts geschehen."

„Das Wasser hat sich einfach weggeklappt?", fragt Holly staunend. „Wie bei Moses in der Bibel?"

„Ziemlich genau so", antwortet Ellie schulterzuckend. „Seither hatten meine Eltern immer Schwierigkeiten, eine neue Nanny für mich einzustellen. Unter Nannys spricht es sich schnell rum, wenn ein Kind seltsam ist."

„Und deine Eltern gingen dir ab diesem Zeitpunkt aus dem Weg", ergänzt Holly ungewohnt nachdenklich.

112

„Genau so", sagt Ellie traurig. „Seit dem Tag hat sich das Verhältnis zu meinen Eltern grundlegend geändert. Ich hatte ab dem Tag das Gefühl, als würde ich nicht dazugehören."

„Und du wusstest, dass du das Wasser geteilt hattest, um aus dem Pool herauszukommen?", fragt Julie jetzt besonders interessiert.

„Irgendwie schon; und dann habe ich angefangen rumzuexperimentieren. Es fing mit kleinen Dingen an. Einen Wassertropfen unter der Dusche davon abzuhalten, auf den Boden zu fallen. Oder Regentropfen auf der Fensterscheibe nach oben fließen zu lassen, solche Dinge eben."

„Krass", sagt Holly.

Ellie sieht die Mädchen flehend an: „Ich bin kein Freak. Ich weiß nicht, woher ich das habe und warum ich das kann. Ich habe auch immer versucht, es zu verstecken. Immer, wenn ich mich aufrege oder ich angespannt bin, scheine ich es schwerer kontrollieren zu können, weshalb ich mich immer mehr zurückgezogen habe." Sie sieht ihre Freundinnen an. „Seit ich letztes Jahr hierhergekommen bin, fühle ich mich angenommen. Irgendwie vollständig, trotzdem wollte ich nicht, dass ihr das wisst. Ihr seid meine besten Freunde, wie meine Familie. Eine Familie, die ich nie hatte."

„Du bist kein Freak." Holly tritt hervor und Julie bemerkt die Erleichterung, die in ihrer Stimme mitschwingt. „Ich kann Feuer kontrollieren. Oder auch nicht, wenn man sich dieses Beispiel von gerade eben ansieht." Die Freundinnen starren Holly entgeistert an.

Erneut findet Christina als erste ihre Stimme wieder: „Erklär uns das!"

„Ich hab's mit Feuer", antwortet Holly und sieht Ellie an. „Und du hast keine Ahnung, wie glücklich ich bin, dass du uns dein Geheimnis verraten hast. Ich dachte mein Leben lang, ich wäre die Einzige auf der Welt, mit der etwas nicht stimmt."

Ellie nimmt Holly erleichtert in den Arm. „Ich bin so froh, dass das jetzt raus ist. Wie hast du bemerkt, dass du Feuer kontrollieren kannst?"

„Als kleines Kind wagte ich mich einmal an unseren brennenden Kamin. Ich wollte ein Stück glühende Kohle herausnehmen. Meine Nanny drehte fast durch, als sie das sah. Doch als sie meine Hand begutachtete, fand sie keine Verbrennungen. Von diesem Moment an begann meine unerklärliche Fähigkeit Gestalt anzunehmen. Ich experimentierte weiter, wurde besser, beherrschte das Feuer. Doch manchmal, vor allem wenn die Aufregung mich übermannt, entgleitet es mir. Missgeschicke passieren, so wie gerade eben."

„Du setzt Zeug in Brand, wenn du niesen musst?", fragt Lea ungläubig.

„Nein", antwortet Holly, „nicht immer, wenn ich niesen muss. Nur wenn ich aufgeregt oder wütend oder so bin."

„Holly, wir kennen uns jetzt schon über ein Jahr. Ich bin nicht der einzige Mensch auf der Welt, der eine unerklärliche Fähigkeit hat, weißt du, was das für mich bedeutet?", fragt Ellie aufgeregt.

„Okay, fassen wir zusammen", meldet sich Christina gewohnt sachlich, „Ellie kann Wasser kontrollieren und Holly Feuer. Schätze, das ist der Zeitpunkt, euch zu erklären, warum ich so gut mit Sprachen umgehen kann." Fassungslos starren die Mädchen sie an und bevor eine etwas sagen kann, fährt Christina fort: „Bei mir gibt es keinen Auslöser. Ich kann nur sehr gut mit Sprachen umgehen. Ich habe mit acht Wochen angefangen zu sprechen. Schnell kam heraus, dass ich nicht nur alle Sprachen nahezu sofort verstehe, ohne sie lernen zu müssen, sondern auch alle Schriftarten, die ich bisher zu sehen bekommen habe, sofort lesen kann. Egal welche: lateinische Schrift, griechische Schrift, kyrillische Schrift, Runen und so weiter." Erwartungsvoll blickt sie ihre Freundinnen an. Ungeduldig sagt sie, als sie keine Resonanz bekommt: „Hallo, ALLE Sprachen, einfach so?"

„Cool", sagt Holly übertrieben.

„Cool?", fragt Christina entrüstet, „nur cool?"

„Na ja", sagt Holly, „ich kann Feuer kontrollieren, Ellie Wasser, also …"

„Also was?", fragt Christina, „Sprachen sind nicht so cool wie Elemente?"

Holly und Ellie sehen sie an und zucken wortlos mit den Schultern.

„Beeindruckend?", sucht Ellie nach dem richtigen Wort, um Christina nicht zu beleidigen.

Die sieht sie an, wendet sich an Julie und fragt zickig: „Kannst du auch was so Großartiges wie die beiden hier?" Julie blickt zu Boden.

„Du auch?" Holly sieht sie begeistert an. Julie wird von einem eisigen Schauer durchzogen. Sie hat die anderen gerade erst kennengelernt und auch wenn sie nun feststellt, dass ihre Fähigkeiten Ähnlichkeiten aufweisen, ist es ihr zu früh, darüber zu sprechen. Abgesehen davon müsste sie dann zugeben, dass sie für das Chaos in der Cafeteria verantwortlich ist und selbst nicht ganz versteht, warum. In ihrem Kopf rasen die Gedanken, während sie versucht, ihr Geheimnis zu wahren. Sie blickt sich in der kleinen Dachkammer um, als würde sie einen Ausweg suchen, um ihr Geheimnis nicht preisgeben zu müssen. Plötzlich entfährt ihr ein lauter Schrei und sie macht einen Schritt zur Seite, wodurch sie gegen den kleinen Tisch stößt. Ein dumpfer Aufprall hallt durch den Raum und alle Augen richten sich auf die Stelle, auf die sie starrt, um zu sehen, was sie so erschreckt hat. Das Entsetzen steht in ihren Gesichtern geschrieben, als sie den riesigen sibirischen Wolf unter dem geöffneten Dachfenster erblicken. Das schummrige Glimmen der Lichterketten lässt sein Fell silbrig weiß glänzen, während seine schwarze, feuchte

Schnauze sich deutlich von dem weißen Pelz abhebt. Die Freundinnen sind gebannt von den ruhigen dunklen Augen des Wolfs, der sie durchdringend anblickt. Die Stille der Dachkammer wird nur von dem leisen Atmen des Tieres durchbrochen. Zitternd blicken sie den weißen Wolf an. In einem unheimlichen Augenblick verschwinden die schönen dunklen Augen des Wolfs und werden zu menschlichen Augen. Die Schnauze bildet sich zurück und vor den fassungslosen Blicken der Mädchen entsteht Leas Gesicht. Ein Schaudern durchfährt ihren Körper, als das weiße dichte Fell des Wolfs sich langsam verwandelt und warme braune Haut zum Vorschein kommt. Das Tier erhebt sich würdevoll auf die Hinterläufe und die Pfoten wandeln sich zurück in Hände und Füße. In einem Atemzug steht plötzlich Lea vor ihnen, ein schüchternes Lächeln auf den Lippen. Die Spannung im Raum ist förmlich greifbar und allen bleibt die Sprache weg. Keiner vermag etwas zu sagen.

In Julies Kopf schwirren die Gedanken umher, bis sie endlich einen greifen kann. „Die Krallen!", ruft sie laut aus.

Alle Köpfe drehen sich zu ihr um.

„Was?", fragt Holly heiser.

Julie tritt an Lea heran. „Heute im Großen Saal, als du aufgeschrien hast wegen des Splitters. Ich dachte, ich hätte an deiner Hand Krallen gesehen. Ich dachte, ich habe es mir nur eingebildet, aber sie waren wirklich da, oder?"

Lea nickt zaghaft.

„Krallen?", fragt Holly verwirrt.

„Lea?", sagt Christina und sieht sie an.

Sie holt tief Luft und erklärt: „Mit fünf Jahren lebte ich mit meiner Familie in einem luxuriösen Penthouse. Ich spielte auf der Terrasse, als eine meiner Puppen über das Balkongitter stürzte und auf dem Vorsprung der Dachterrasse landete. Ich kletterte über das Gitter, um die Puppe zu retten, da ich fürchtete, sie könnte vom Dach fallen, rutschte ab und stürzte in die Tiefe. Das Bewusstsein, dass dieser Sturz mein Ende bedeuten würde, löste Panik in mir aus. Doch dann geschah Unfassbares: Mein Körper verwandelte sich augenblicklich in einen Vogel und ich flatterte mühelos wieder auf die Terrasse zurück. Dort angekommen nahm ich sofort wieder meine menschliche Form an. Der Rest gleicht euren Geschichten. Meine Eltern betrachteten mich als Freak, die Nanny kündigte und so weiter."

„In was für einen Vogel?", fragt Holly.

„Spielt das eine Rolle?", fragt Ellie, aber Lea antwortet: „Ein Star."

„Krass, du kannst dich wahlweise in einen Wolf oder einen Vogel verwandeln", stellt Holly bewundernd fest.

„Ich kann mich in alle möglichen Lebewesen verwandeln, solange es meine eigene Körpergröße nicht übersteigt. Tiere, Pflanzen, sogar andere Menschen. Aber das ist dann echt schwer und unheimlich, sogar

für mich", antwortet Lea. Alle schweigen. Dann sieht Lea Julie auffordernd an: „Ich habe dich mit meiner Enthüllung unterbrochen."

Julie erkennt, dass sie ihre Fähigkeit nicht länger verbergen kann. „Bitte haltet mich jetzt nicht für durchgeknallt."

Alle lachen laut auf.

Als Holly ihre Verunsicherung bemerkt, sagt sie immer noch lachend: „Hallo? Du bist gerade umgeben von Freaks. Noch freakiger wird es nicht mehr!"

Julie seufzt tief. Mit einer kaum merklichen Handbewegung sendet sie einen kraftvollen Windstoß direkt in Hollys Richtung. Der Wind faucht kurz um sie herum und wirbelt wild durch ihre immer noch feuchten Haare. Strähnen fliegen für einen Moment in alle Richtungen. Ohne zu zögern, sendet Julie den kleinen Windstoß mit einer weiteren Geste durch das geöffnete Dachfenster hinaus in die nächtliche Dunkelheit.

Holly fährt sich mit den Fingern durch die Haare. „Meine Haare! Sie sind wieder trocken!", ruft sie begeistert aus.

„Luft", sagt Julie ruhig. „Ich kontrolliere Luft."

Einen Moment lang schweigen die fünf Freundinnen und Stille erfüllt das kleine Turmzimmer. Der Mond scheint weiterhin in den gemütlichen Raum, doch allen wird bewusst, dass nichts mehr so sein wird wie zuvor.

Christina ergreift das Wort: „Also. Fassen wir mal zusammen: Wir alle haben eine bestimmte Fähigkeit, von der wir bis heute niemandem etwas erzählt haben."

„Weil jede von uns dachte, es wäre falsch. Aber jetzt glaube ich, dass es vielleicht so sein sollte, dass wir uns irgendwann einmal begegnen", sagt Holly.

„Man, Holly, sei doch nicht immer so dramatisch. Lasst uns das jetzt mal nüchtern betrachten", entrüstet sich Christina und fährt fort: „Ich kann alle Sprachen verstehen, Holly kontrolliert Feuer, Ellie Wasser, Julie Luft und du?", sie sieht Lea fragend an.

„Ich bin ein Gestaltumwandler. Jedenfalls nenne ich mich selbst so."

„Gut. Du bist ein Gestaltumwandler", sagt Christina, „aber warum?"

„Warum was?", fragt Ellie.

„Warum passiert das gerade jetzt? Ich meine, Holly hatte ihr kleines Feuerwerk nicht im Griff, als sie niesen musste, und wir vier ...", sie zeigt auf sich, Holly, Ellie und Lea, „... kennen uns doch schon seit über einem Jahr! Jetzt kommt Julie dazu und plötzlich kann sich Holly nicht mehr kontrollieren!"

Holly will gerade protestieren, als Ellie ihr zuvorkommt: „Oder vielleicht hat Julie als erste die Kontrolle verloren?"

Alle sehen sie an.

Nachdenklich beginnt sie: „Also, ich habe schon

gemerkt, dass es mir schwerfällt, meine Fähigkeit zu kontrollieren, seit ich hier bin. Sie ist mit meinen Gefühlen verbunden. Je mehr ich mich aufrege, desto schwieriger wird es für mich." Die anderen nicken zustimmend.

„Geht mir auch so", murmelt Lea.

„Hast du den Sturm heute morgen im Großen Saal ausgelöst?", fragt Christina ruhig.

Julie, der bewusst wird, dass sie diesen Mädchen vertrauen kann, nickt zaghaft. „Aber dass wir mit dieser Wucht auseinandergestoßen wurden, das war ich nicht", ergänzt sie schnell.

„Ok", wirft Ellie entschlossen ein, „das müssen wir dann mal hintenanstellen. Es hat aber sicherlich irgendwie mit deiner Ankunft zu tun, Julie, denn ich mochte dich auf Anhieb und wenn ich richtig zusammenfasse, haben wir alle Schwierigkeiten, unsere Fähigkeiten zurückzuhalten. Als Amanda uns heute Morgen beschuldigte, habe ich fast einen kleinen Tsunami mit meinem Wasserglas ausgelöst, wärst du mir mit deinem Sturm nicht zuvorgekommen."

„Irgendetwas müssen wir alle gemeinsam haben", überlegt Christina. „Irgendetwas, was uns verbindet. Gib mir mal ein Stück Papier und einen Stift, Holly. Wir sollten das mal aufschreiben."

Holly tut, wie ihr geheißen, und Ellie fasst weiter zusammen, während Christina mitschreibt: „Also, jede von uns kann etwas ganz Außergewöhnliches, das ist ja schon eine Gemeinsamkeit, aber was noch?"

„Wir wurden alle mehr von unseren Nannys erzogen als von unseren Eltern“, sagt Holly.

„Außer Christina“, wirft Lea ein.

„Wir kommen alle aus wohlhabenden Elternhäusern“, übergeht Christina Leas Feststellung und fragt: „Was haben eure Eltern denn für Berufe?“ Sie gehen die Berufe der Eltern einzeln durch, finden jedoch nur die Gemeinsamkeit, dass ihre Eltern entweder florierende Unternehmen aufgebaut oder geerbt haben.

„Vielleicht hat es etwas mit unserer Herkunft zu tun“, wirft Julie ein. „Ich komme aus Miami, Amerika.“

Ellie schreibt es auf das Blatt Papier. „Gut, ich komme aus Hammerfest in Norwegen“, sagt sie und schreibt es ebenfalls auf.

Dann sieht sie Holly an, die sagt: „Wuhan, China.“

Unaufgefordert sagt Christina: „Ich bin aus Tasiilaq auf Grönland.“ Christina grinst Julie an. „Ein bisschen kälter als bei dir in Miami.“ Beide lachen.

„Freetown, Sierra Leone“, ergänzt Lea die Liste.

Ellie betrachtet das Blatt Papier, auf dem sie alles mitgeschrieben hat, und sagt dann enttäuscht: „Nichts. Da fällt mir keine Gemeinsamkeit auf.“

Christina antwortet unwirsch: „Das war auch irgendwie unnötig, das alles aufzuschreiben, wir wussten ja schon, woher wir alle kommen!“

Dann sagt Holly wie aus dem Nichts: „Wir vier haben alle am 30. April Geburtstag!“ und sieht Julie fragend an.

122

„Das gibt's nicht!“, antwortet Julie fassungslos, „ich auch!“

„Schätze“, stellt Ellie fest, „da ist unsere Verbindung!“ Schweigen breitet sich aus.

Julie findet als erste ihre Sprache wieder: „Ich google mal den 30. April! Vielleicht gab es zur Zeit unserer Geburt irgendein Event.“

„Ein Event?“, fragt Holly amüsiert. „So was wie einen Meteoriteneinschlag?“

„Wer weiß? Einen Versuch ist es wert“, überlegt Julie, während sie ihr Handy aus der Hosentasche zieht.

Christina wendet sich der Weltkarte zu, in der die vier Fähnchen stecken. Als sie die Karte aufgehängt hatten, hatte jede ein Fähnchen in ihre Heimatstadt gesteckt. Nachdenklich nimmt sie eine weitere kleine Nadel mit einem kleinen Plastikfähnchen und sucht auf der Karte Miami. Als sie es findet, steckt sie für Julies Wohnort die Nadel ein. Sie tritt einen Schritt zurück und betrachtet die fünf Fähnchen.

„Das gibt es doch nicht!“, ruft Julie plötzlich aus und starrt mit weit aufgerissenen Augen auf das Handydisplay in ihrer Hand. Alle, bis auf Christina, drehen sich mit fragendem Blick zu ihr um. Sie sieht entgeistert zu den Mädchen und liest dann vor: „In der Nacht vom 30. April tanzten die Hexen auf dem Blocksberg. Die Menschen glaubten, dass sich Hexen und Geister in dieser Nacht treffen, um auf die Ankunft des Teufels zu warten.“

„Echt jetzt? Das steht da?", fragt Holly mit geweiteten Augen.

Julie nickt und Ellie sagt energisch: „Wartet mal. Wir sind in einer Art Hexennacht geboren und können jetzt hexen? Das glaubt ihr doch selbst nicht!"

„Wieso nicht?", fragt Holly, „wir haben alle bestimmte Fähigkeiten und sind alle in einer Nacht geboren worden, in der man sagt, dass Hexen ein Fest feiern."

„Schon, aber wir sind doch keine Schrumpelhexen", wirft Julie ein. Christina, die immer noch auf die Weltkarte starrt, nimmt sich einen schwarzen Textmarker und fängt an, auf der Karte Linien zu zeichnen. Die anderen beachten sie nicht.

„Wer sagt denn, dass Hexen schrumpelig sein müssen?", fragt Holly. „Vielleicht sind Hexen auch so eine Art Evolution durchgegangen und sehen jetzt aus wie wir. Ganz normal eben." Lea und Ellie sehen Holly zweifelnd an.

Julie nickt langsam: „Du könntest damit sogar recht haben, Holly!"

Christina, die mit der Weltkarte beschäftigt war, hält plötzlich mit dem Stift in der Hand inne. „Leute, das gibt's nicht. Seht euch das an."

Alle drehen den Kopf zu ihr und treten nach und nach näher an die Karte heran. Ungläubig versuchen sie zu begreifen, was sich ihnen offenbart. Christina hat mit dem schwarzen Textmarker die mit den Fähnchen gekennzeichneten Wohnorte durch dicke

124

schwarze Striche verbunden. Dann hat sie im selben Abstand voneinander fünf Punkte auf den Linien eingezeichnet und diese Punkte miteinander, immer zur Mitte hinzulaufend, verbunden. Sie war so geschickt, dass sie mit einer einzigen Linie alle Städte auf diese Weise miteinander verbinden konnte, ohne den Stift einmal abzusetzen.

„Ein Stern?", murmelt Lea und neigt ihren Kopf zur Seite.

„Ein Pentagramm", flüstert Christina.

nweigerlich weichen die Freundinnen einen Schritt zurück.

„So ein Teufelsdings?", fragt Holly ängstlich.

„Nein, dann wäre der Stern umgekehrt. Die Spitze zeigt nach oben, daher ist es kein Teufelsdings, sondern ein Hexendings", antwortet Christina.

„Also tatsächlich Hexen?", fragt Holly furchtsam und starrt Christina an.

„Das Pentagramm steht für das Gute", erklärt Christina beruhigend. „Früher hat man es über die Haustüren gemalt, um das Böse abzuhalten und die Bewohner zu schützen."

Holly sieht sie entgeistert an.

„Ich kann alles lesen, alle Sprachen, alle Symbole und Hieroglyphen, schon vergessen?", sagt Christina.

„Und ich habe erst gedacht, du hättest die lahmste

Fähigkeit von uns allen", kichert Holly. Christina verdreht die Augen.

Lea, ohne den Blick von der Karte zu nehmen, ruft: „Leute, seht mal!" Die anderen folgen ihrem Blick. Langsam tritt Lea vor, nimmt ein weiteres Fähnchen und steckt es in die Karte, direkt in die Mitte des von Christina gezeichneten Pentagramms. Die Freundinnen können nicht glauben, was sie da sehen.

„Falkirk", liest Christina den Ort vor. „Die Mitte des Pentagramms liegt in Falkirk!"

Mucksmäuschenstill stehen die Freundinnen in der spärlich beleuchteten Dachkammer des Geheimverstecks im Turm und starren auf die Weltkarte, in der jetzt sechs Nadeln mit Fähnchen stecken – fünf in jedem Zacken des aufgemalten Pentagramms und das sechste genau in der Mitte des Sterns.

„Sind wir jetzt wirklich Hexen?", fragt Ellie zögerlich.

„Das sollten wir schleunigst herausfinden", antwortet Lea.

Julie schüttelt ungläubig den Kopf. „Aber sollten wir dann nicht alles Mögliche können? Sollten wir uns dann nicht alle in Kräuterheilkunde und so was auskennen?"

„Oder in Lebkuchenhäusern wohnen?", kichert Holly.

„Bisher hatte ich noch nicht den Drang, kleine Kinder zu mästen und im Ofen zu braten", antwortet Ellie belustigt.

„Iiiiih", erwidert Holly angeekelt, „ich möchte lieber eine gute Hexe sein."

„Ich auch", stimmt Lea ihr zu.

„Das Pentagramm ist an die Elemente Wasser, Feuer, Luft, Erde und Äther oder Seele gebunden", murmelt Christina nachdenklich. „Das würde voll passen – fünf Elemente, fünf Freundinnen!"

„Aber seit wir gemeinsam in Falkirk sind", wirft Julie ein, „fällt es uns schwerer, unsere Fähigkeiten zu kontrollieren. Was hat das zu bedeuten?"

„Und unsere Fähigkeiten scheinen an unsere Emotionen gebunden zu sein", ergänzt Christina, ohne auf Julies Frage einzugehen.

„Ja, ich war aufgeregt und hatte Angst, jemand könnte merken, dass ich diese Kräfte habe, und mich als Spinner abstempeln", antwortet Julie.

„Eher stempeln wir dich ab wegen deiner bescheuerten Emo-Frisur", lacht Holly und wuschelt ihr dabei durch ihren zu langen Pony, der ihr mal wieder vor den Augen hängt.

„Lass das", schmunzelt Julie, „ich will das ja ändern, sobald ich kann".

„Echt jetzt? Ihr redet über Frisuren? Können wir mal bitte bei der Sache bleiben? Ich habe das Gefühl, dass wir hier auf etwas richtig Großes gestoßen sind", sagt Lea.

Christina schlichtet: „Ein bisschen Spaß muss sein, Lea", dann wendet sie sich an Julie. „Was meinst du genau, Julie? Kannst du näher darauf eingehen?"

„Na ja, die Sache im Großen Saal und auch der

Luftzug, der an mir vorbeihuschte, als ich allein in meinem Flur stand und mir das Porträt mit den ausgebrannten Augen ansah", sagt Julie langsam.

Lea erwidert: „Mir geht es auch so! Ich habe mich fast verwandelt, als mir die Hand weh tat. Das passiert mir normalerweise nie. Ich habe es aber dann im letzten Moment geschafft, mich im Griff zu behalten. Dann habe ich einfach so getan, als wäre nichts, damit du denkst, du hättest dich getäuscht."

„Hat funktioniert", antwortet Julie augenzwinkernd.

„Und ich fackele normalerweise nicht immer alles ab, nur weil ich niese", sagt Holly.

„Jetzt nochmal zurück zu dem, was wir bisher herausgefunden haben", sagt Ellie. „Wenn wir Hexen sind, müssten wir dann nicht zaubern können oder so? Ich meine, wir haben alle bestimmten Fähigkeiten, aber zaubern kann ich nicht."

„Wir sind ja auch keine Disney-Hexen! Vielleicht ist das im echten Leben nicht so", sagt Christina.

„Ich dachte aber bisher auch, dass es im echten Leben überhaupt keine Hexen gibt", äußert Julie ihre Bedenken.

„Vielleicht sind wir keine Hexen, sondern Feen?", wirft Holly aufgeregt ein.

Christina lacht: „Ich glaube nicht, dass Feen etwas mit Pentagrammen und dem 30. April zu tun haben!"

Holly verzieht schmollend ihren Mund. Dann holt sie geräuschvoll Luft und muss schon wieder niesen:

„Hatschi!" Eine kleine Stichflamme erscheint am äußeren Rand der Weltkarte.

„Schnell, eine Wasserflasche!", kreischt Ellie.

Mit einer kleinen Bewegung ihres Zeigefingers lässt Julie eine Flasche vom Tisch hinüber zu Ellie gleiten. Diese schüttet abermals etwas Wasser über ihre Hand und löscht mit einer kleinen Handbewegung in Richtung der Weltkarte zischend die Flamme.

Spöttelnd sagt sie zu Holly: „Du musst echt damit aufhören, ständig die Bude abzufackeln, wenn das Sixpack Wasser leer ist, bekommen wir ein Problem!"

„Dann sollten wir hier dringend mal Staub wischen, der steigt mir ständig in die Nase!", feixt Holly.

„Warte", fährt Christina plötzlich dazwischen. „Holly, das war doch nicht immer so, dass du bei jedem Mal Niesen sofort irgendwas in Brand gesteckt hast!"

„Nein, das ist erst seit dem Schulbeginn so unkontrollierbar geworden", antwortet Holly.

Julie sieht sie nachdenklich an. „Kann es sein, dass du etwas mit den ausgebrannten Augen zu tun hast?"

„Man Julie, ich hoffe nicht", antwortet Holly niedergeschlagen. „Aber seit du mir davon erzählt hast, bin ich mir nicht sicher, ob ich das nicht versehentlich war. Ich habe schließlich schon mein Niesen nicht mehr unter Kontrolle."

„Deswegen wurdest du vorhin so komisch, als ich dir davon erzählt habe", sinniert Julie.

„Warst du denn in der Nähe der Bilder?", fragt Christina.

„Nein", antwortet Holly, „ich war, seit ich nach den Sommerferien wieder hier bin, zum ersten Mal in dem Flur, als ich Julie vorhin abholen wollte."

„Hmmm", überlegt Christina. „Wir können alle spüren, dass unsere Kräfte stärker und unkontrollierbarer werden."

„Jetzt sind es schon Kräfte, nicht nur Fähigkeiten!", bemerkt Lea.

„Wie ich vorhin schon sagte", nimmt Julie Christinas Gedanken auf, „ich bin dazugekommen! Bisher wart ihr nur zu viert."

„Nur durch uns fünf ist das Pentagramm komplett", stimmt Christina ihr zu.

„Leute, wir sind nicht mehr The Circle of Four Losers, wir sind The Circle of Five Losers", stellt Holly aufgeregt fest. Alle sehen sie zweifelnd an.

„Vielleicht lassen wir das *Losers* weg", schlägt Christina vor. „Wir sind The Circle of Five!"

„Cool!", meint Holly aufgeregt. Plötzlich zucken die fünf Mädchen erschrocken zusammen, als ein langgezogener Schrei durch die Luft schneidet, gefolgt von einem dumpfen Aufprall. Verunsichert blicken sie sich gegenseitig an.

„Was war das?", ruft Holly entsetzt.

„Eher: Wer war das?", wirft Lea ängstlich ein.

Christina, die sich zuerst aus ihrer erschrockenen

Starre löst, stürzt zum kleinen Dachfenster und schaut nach unten in den Innenhof. „Oh mein Gott!“, entfährt es ihr, als sie sich mit vor Schreck geweiteten Augen zu den anderen Mädchen umdreht. Entsetzt sagt sie: „Ich glaube, jemand ist vom Dach gefallen!“

llie reagiert als erste, ihre Entschlossenheit kehrt zurück. „Kommt, wir müssen sofort nachsehen!", ruft sie und öffnet die Luke. Die fünf Freundinnen klettern in atemberaubender Geschwindigkeit die Leiter hinunter, rennen hinaus über das Dach in den ersten Turm, die schmale Turmtreppe hinunter zum großen Korridor, in dem sich Julies Zimmer befindet. Sie stürzen die große Treppe in der Eingangshalle hinab und eilen auf den Innenhof der Burg. Mrs. Wegener kniet sich gerade neben die verunglückte Person. Mitten auf dem Hof liegt Amanda! Die Außenlampen der Burg erhellen den furchtbaren Schauplatz. Sie liegt regungslos da, Arme und Beine von sich gestreckt wie ein Seestern.

Fast wie die fünf Zacken des Pentagramms, schießt es Julie durch den Kopf, während die anderen schweigend zusehen, wie einer der Lehrer, Julie kennt ihn noch nicht, vorsichtig Amandas Atmung überprüft. Mrs. Wegener weist eine der umherstehenden Schülerinnen an, einen Krankenwagen zu rufen. Holly steht mit Tränen in den Augen da, eine Hand über dem Mund.

„Sie ist bewusstlos!", ruft der Lehrer. Mr. Halbrook eilt aus dem Hauptgebäude herbei und in der Ferne kann Julie schon die laute Sirene des Krankenwagens hören.

„Bitte, meine Damen, alle in den Großen Saal, wir benötigen hier Ruhe", sagt Mr. Halbrook mit lauter, fester Stimme.

Er wendet sich an Christina, die starr vor Schreck zufällig direkt neben ihm steht: „Christina, gehe und wecke Ms. Dompton auf. Sie soll für alle Sandwiches und warmen Kakao machen. Das wird eine lange Nacht."

Christina eilt los, gefolgt von Ellie, Holly, Lea und Julie, die zu den Unterkünften des Schulpersonals laufen. Mrs. Wegener und der Schuldirektor versuchen derweil, die restlichen Schülerinnen zurück in das Gebäude zu lotsen.

Als die Freundinnen Ms. Dompton wecken, versteht sie sofort. In der Cafeteria schaltet sie alle Lichter an und bereitet in Windeseile einen Berg Sandwiches vor. Mit Hilfe der fünf Mädchen richtet sie sie appetitlich an der Essensausgabe an und bewegt sich zwischen den vielen schockierten, teilweise weinenden

Schülerinnen hin und her, um jeder eine Tasse Kakao oder Tee einzuschenken.

Julie setzt sich mit ihren Freundinnen an den angestammten Tisch.

„Ich glaube, ich werde mein ganzes Leben lang nicht über diesen Anblick hinwegkommen, wie sie so regungslos dalag", weint Holly und wischt sich die Tränen mit dem Ärmel ihres Pullovers weg. Lea legt den Arm um sie und drückt sie an sich. Keines der Mädchen sagt etwas. Dann betreten eine sehr bedrückt aussehende Mrs. Wegener und ein nicht minder bekümmert dreinblickender Mr. Halbrook den Großen Saal. Das allgemeine Gemurmel verstummt schlagartig und alle Augen richten sich erwartungsvoll, meist mit verwirrten Gesichtern, auf die Lehrerin und den Direktor. Mr. Halbrook wirft einen flüchtigen Blick zu Mrs. Wegener, die ihm fast unbemerkt zunickt und dann ihren Blick zu Boden senkt.

„Meine lieben Schülerinnen", beginnt Mr. Halbrook, „leider muss ich euch mitteilen, dass Amanda Robins bei ihrem Sturz aus dem Fenster des dritten Stocks …" Er zögert und kämpft mit den Tränen, dann räuspert er sich und fährt mit zitternder Stimme fort: „Leider hat sie sich eine schwere Kopfverletzung zugezogen. Sie liegt im Koma und wird jetzt in ein Krankenhaus gebracht."

Einige der Schülerinnen fangen haltlos an zu weinen, andere blicken sich geschockt gegenseitig an, wieder andere fallen sich in die Arme. Auch Ms. Dompton, die hinter der Theke steht, hält sich schockiert die Hand vor den Mund und Tränen füllen ihre Augen.

Mr. Halbrook fährt mit fester Stimme fort: „Noch ist unklar, warum Amanda da oben auf dem Dach war und wie es zu diesem Sturz kommen konnte. Auch wissen wir nicht, wie schwerwiegend die Kopfverletzung ist. Die Polizei ist schon informiert und mit sofortiger Wirkung wird der 1. Stock des Westflügels für die polizeilichen Ermittlungen gesperrt werden. Es darf sich ab sofort niemand dort aufhalten, damit mögliche Spuren nicht verfälscht oder verwischt werden."

„War es denn kein Unfall?", fragt Julie und ist selbst überrascht, wie laut sich ihre Stimme in dieser betroffenen Stille anhört.

Mr. Halbrook sieht sie an und sagt: „Das kann man zum momentanen Zeitpunkt noch nicht mit Sicherheit sagen. Das muss jetzt die Polizei herausfinden. Bis dahin werden wir versuchen, den Schulalltag an die momentanen Umstände anzupassen. Selbstverständlich kontaktieren wir eure Eltern. Für heute bitte ich euch alle, in eure Zimmer zu gehen. Ich denke, wir können für diese Woche die Regelungen etwas lockern und ihr dürft beieinander übernachten." Mrs. Wegener sieht ihn entsetzt an, was ihm nicht verborgen bleibt. Dann sagt er: „Keiner sollte nach so einer Tragödie allein sein müssen."

Mit diesen Worten nickt er den Schülerinnen kurz zu und wendet sich zum Gehen ab. Mrs. Wegener

138

hält ihn am Ärmel zurück und flüstert ihm etwas ins Ohr. Er sieht sie an und dreht sich noch einmal zu den Schülerinnen in der Cafeteria um, ruft den Mädchen an Julies Tisch zu: „Ihr fünf kommt bitte mit in mein Büro. Die anderen begeben sich jetzt auf die Zimmer und versuchen zu schlafen. Es ist spät und ein wenig Schlaf können wir alle gebrauchen."

Julie und die anderen vier Mädchen sehen sich erschrocken an.

„Was kann der von uns wollen?", fragt Holly besorgt in die Runde.

Lea, immer noch den Arm um sie, antwortet: „Finden wir es heraus." Dann steht sie auf und geht auf die Tür der Cafeteria zu.

Christina, Julie, Ellie und Holly folgen ihr. Allen fünf sind die Blicke bewusst, die auf ihnen ruhen. Aber keine von ihnen schaut sich um, als sie die Cafeteria verlassen, um zum Büro des Rektors zu gehen. Auch Ms. Dompton schaut ihnen mit traurigen Augen hinterher.

Im Büro angekommen, stellen sich die Mädchen vor dem großen Schreibtisch des Direktors auf. Er sitzt dahinter in seinem tiefen Sessel und das Licht der Schreibtischlampe beleuchtet ihn von der Seite, so dass sein blasses Gesicht mit dem sorgenvollen Ausdruck etwas gespenstisch wirkt. Mrs. Wegener steht neben ihm am Tisch und schaut die Freundinnen an. Julie kann nicht erkennen, was in Mrs. Wegeners Gesicht vor sich geht, fast scheint ihr der Ausdruck feindselig. Aber sie verwirft den Gedanken sofort, denn wer könnte in dieser schrecklichen Situation schon feindselig sein? *Wahrscheinlich sieht sie eben so aus, wenn sie von etwas mitgenommen ist.*

„Das ist eine wirklich tragische Nacht heute", beginnt Mr. Halbrook, „wer hätte gedacht, dass das neue Schuljahr mit so einem Unglück beginnen würde. Und dann die Vermissten. Trotzdem muss ich fragen, denn das wird die Polizei morgen früh sicher wissen wollen: Wie kommt es, dass ihr fünf nach Mrs. Wegener als erste am Unfallort wart?"

Die Mädchen schauen betroffen zu Boden.

Mrs. Wegener wird streng: „Wenn eine von euch etwas damit zu tun hat, dann soll sie es besser gleich gestehen!"

„Wie bitte? Was gestehen?", fragt Julie fassungslos und schaut sie direkt an. „Was sollen wir denn gestehen? Wir waren doch gar nicht in Amandas Nähe, als sie gestürzt ist!"

„Aha, wo wart ihr dann?", hakt die Oberstudienrätin ungeduldig nach.

„Wir, wir …", stottert Julie.

„Ms. Winters! Muss ich Sie daran erinnern, dass heute Abend eine unserer Schülerinnen, Ihre Mitschülerin, schwer verletzt wurde?", fragt Mrs. Wegener barsch.

„Nein, aber …", will Julie antworten, doch die Lehrerin fällt ihr ins Wort: „Aber was, Ms. Winters? Wenn ich mich recht erinnere, hatten Sie heute in der Cafeteria eine kleine Auseinandersetzung mit Amanda Robins. Wir wissen, dass Sie zu Hause Probleme mit Ihrem Sozialleben hatten; wir haben Ihre Schulakte in Ihrer alten Schule in Miami eingesehen. Und ich habe mit eigenen Augen gesehen, wie Sie mit Lucy gesprochen haben. Deshalb haben wir den Verdacht, dass …"

„Lucy? Was hat die denn damit zu tun?", unterbricht Julie sie verblüfft.

„Mrs. Wegener", greift der Rektor ein. „Wir hatten doch vereinbart, den Schülerinnen erst morgen etwas zu erzählen, wenn wir hoffentlich gute Nachrichten von Amanda haben."

„Was denn erzählen?", fragt Lea besorgt.

„Dass Lucy verschwunden ist", antwortet Christina ruhig und sieht dem Direktor direkt in die Augen.

Julie und ihre Freundinnen schauen sich schockiert an. Verwirrung und Unverständnis stehen ihnen ins Gesicht geschrieben. Ein Kloß bildet sich in Julies Magen und Übelkeit steigt in ihr auf. Ellie sucht mit den Augen den Raum ab, als könnte sie Lucy in irgendeiner Ecke entdecken und ihre Hilflosigkeit abschütteln. Lea beißt sich auf die Unterlippe und ein Ausdruck der Ratlosigkeit huscht über ihr Gesicht. Die sonst so lebhafte Holly wirkt wie erstarrt, ihre vor

Freude strahlenden Augen sind nun von einer ungewohnten Ernsthaftigkeit erfüllt. Christina schaut Mr. Halbrook unbeirrt und mit ruhiger Gelassenheit an.

Schließlich weicht er nervös ihrem Blick aus und antwortet: „Ich glaube, dieser Vorfall ist für uns alle schwer zu verstehen und zu ertragen. Du hast recht, Christina, Lucy ist unauffindbar.

„Was heißt das?", fragt Julie besorgt.

„Das heißt", beginnt Mrs. Wegener, „dass wir einen weiteren Vermisstenfall haben. Und du warst die Letzte, die mit ihr gesprochen hat, das habe ich mit eigenen Augen gesehen! Und du hattest von Anfang an Schwierigkeiten mit Amanda!"

Ein kühler Luftzug weht durch den Raum.

Ellie nimmt Julies zitternde Hand und drückt sie beruhigend.

„Wir haben uns heimlich auf der Toilette in der Nähe des Ausgangs getroffen", lügt Ellie schnell, „und dann haben wir den Schrei gehört."

Mr. Halbrook steht auf und senkt kaum merklich den Kopf. Dann zuckt er mit den Schultern und sagt in sachlichem Ton: „Die Schuld bei den jugendlichen Mitschülerinnen zu suchen, geht mir zu weit und ist sicher Sache der Polizei, nicht unsere."

„Ts... unerlaubte Treffen!" Mrs. Wegener schüttelt verächtlich den Kopf.

Ohne weiter auf sie einzugehen, wendet er sich den fünf Freundinnen zu: „Ich halte dieses Gespräch für

überflüssig. Geht in eure Zimmer und versucht zu schlafen."

Die Lehrerin schaut den Direktor überrascht an und wirft wütend ein: „Mr. Halbrook, ich dachte, wir wollten der Sache auf den Grund gehen! Und diese Schülerinnen haben heute ganz offensichtlich gegen die Hausordnung verstoßen und waren noch zusammen, als das Licht aus war. Das allein ist schon ein grober Verstoß gegen die Schulordnung und macht sie verdächtig, ganz zu schweigen davon, dass Julie sich mit Amanda gestritten hat und später mit der jetzt verschwundenen Lucy gesehen wurde!"

„Wir alle haben die Hausordnung gebrochen, als wir jung waren. Mit jemandem, wie man heute so schön sagt, beef zu haben, ist noch lange kein Grund, einen Menschen vom Dach zu werfen", zwinkert er den verdutzten Mädchen versöhnlich zu. „Sie sollten auch versuchen zu schlafen, Mrs. Wegener. Der Inspektor hat für morgen bereits die Befragung der Schülerinnen und des Lehrpersonals angekündigt. Das wird ein langer Tag."

Mit müden Augen sieht er die Freudinnen nacheinander an und sagt: „Gute Nacht. Versucht zu schlafen."

achdem die Freundinnen ihre Matratzen in Christinas Zimmer gebracht haben, liegen sie alle kreuz und quer in dem kleinen Raum verteilt. Julies Gedanken kreisen um Lucys mysteriöses Verschwinden. Das Bild von Lucy mit ihrem bezaubernden Lächeln erscheint lebhaft vor ihrem inneren Auge und eine Schwere legt sich auf ihr Herz. Mitten in diesen bedrückenden Gedanken fällt ihr plötzlich etwas auf.

„Etwas kommt mir merkwürdig vor", sagt sie in die betretene Stille des Zimmers hinein. „Mrs. Wegener scheint etwas gegen mich zu haben und immer, wenn mir etwas Merkwürdiges passiert, seit ich hier bin, taucht sie von irgendwo her auf. Und jetzt hat sie sogar einen eindeutigen Verdacht geäußert, der mich als gefährlich abstempelt!"

„Was willst du damit sagen?“, fragt Lea, die sich auf ihren Arm stützt und sie fragend ansieht.

„Sie will damit sagen, dass sie glaubt, dass Mrs. Wegener etwas mit Amandas Sturz und dem Verschwinden von Lucy zu tun haben könnte“, erklärt Christina tonlos.

„Wie konntest du das heraushören?“, fragt Holly.

„Sprache, Holly“, antwortet Christina ruhig, „schon vergessen? Alles, was mit Sprache zu tun hat, verstehe ich. Also kann ich auch verstehen, was buchstäblich zwischen den Zeilen gesagt wird.“

„Ehrlich gesagt fand ich deine Fähigkeit anfangs etwas langweilig im Vergleich zu unserer, aber sie wird immer nützlicher!“, stellt Holly begeistert fest.

Christina lächelt und dreht sich zu Julie um: „Stimmt doch, oder? Du glaubst, dass Mrs. Wegener etwas mit Amandas Sturz und den verschwundenen Schülerinnen zu tun hat.“

„Nicht nur damit“, antwortet Julie nachdenklich.

„Womit denn noch?“, fragt Ellie.

Julie setzt sich auf und schaut ihre Freundinnen an. Dann sagt sie leise: „Ich glaube langsam, dass sie mit allem etwas zu tun hat. Mit den vermissten Mädchen, mit Amanda und auch mit den ausgebrannten Augen auf den Porträts. Vielleicht hat sie die Kraft ausgelöst, die uns auseinandergerissen hat!“

Holly schaltet das Licht ihres Handys an und hält es unter ihr Kinn, sodass ihr Gesicht gespenstisch beleuchtet wird.

146

„Mrs. Wegener ist die Oberhexe, die uns holen will!", sagt sie mit tiefer, verstellter Stimme.

„Lass den Quatsch!", sagt Lea und wirft ein Kissen nach ihr.

Christina sieht Julie nachdenklich an. „Du meinst, sie hat vielleicht auch Fähigkeiten?"

Julie zuckt mit den Schultern und die Freundinnen diskutieren noch eine Weile über Julies Verdacht, bis sie nach und nach einschlafen.

Nach einer unruhigen Nacht beschließt Julie am nächsten Tag in einem ruhigen Moment, zum Handy zu greifen und ihre Mutter anzurufen. Einige Klingeltöne später hebt sie ab.

„Hi Mom", beginnt Julie, während ihr die Gedanken durch den Kopf schwirren. „Hast du gehört, was in der Schule los ist? Sie wollten sich bei dir melden."

„Oh, Liebes, ich habe bereits mit jemandem gesprochen", ertönt die energische Stimme ihrer Mutter. „Hast du Spaß dort?"

„Spaß? Wie soll das möglich sein? Hier passieren merkwürdige Dinge, Mom, und du fragst mich, ob ich Spaß habe?", entgegnet Julie verzweifelt.

„Ach, Liebes, sei doch nicht so pessimistisch", antwortet ihre Mutter gelassen. „Die Lehrer haben sicher alles im Griff."

„Glaubst du denn nicht, dass mir etwas passieren könnte?" Julies Stimme klingt vorwurfsvoll, während sie versucht, ihre Enttäuschung über die Reaktion ihrer Mutter zu unterdrücken.

„Du bist stark, mein Kind", antwortet ihre Mutter überraschend sanft. „Ich weiß, dass du auf dich selbst aufpassen kannst, und ich vertraue dir."

Ein Kloß bildet sich in Julies Hals, als sie die plötzliche Gefühlsregung ihrer Mutter spürt. Sehnsucht überkommt sie.

„Mom", beginnt sie, aber sie kann den Satz, mit dem sie ihrer Mutter sagen will, wie sehr sie sie liebt und vermisst, nicht zu Ende bringen. Noch nicht. Betretenes Schweigen breitet sich über die Telefonleitung aus.

Dann räuspert sich ihre Mutter. „Schätzchen, ich würde gerne noch länger mit dir plaudern, aber ich bin mit Tante Cathrine verabredet. Ich muss mich beeilen!"

Mit einem Lächeln verabschiedet sich Julie verständnisvoll von ihrer Mutter, spürt aber, dass sie ihr in diesem Gespräch ein Stück nähergekommen ist.

Einige Wochen nach dem Telefonat mit ihrer Mutter sitzt Julie an ihrem Schreibtisch und versucht, sich auf eine bevorstehende Klausur vorzubereiten. Doch so sehr sie sich auch bemüht, sie kann sich nicht konzentrieren und ihre Gedanken schweifen

immer wieder ab. Unzählige Stunden hat sie damit verbracht, über Lucys mysteriöses Verschwinden und Amandas tragischen Unfall nachzudenken. Vergeblich hat sie versucht, auf eigene Faust Hinweise zu finden oder Spuren zu verfolgen, die zu Lucys Aufenthaltsort führen könnten. Doch jeder Schritt ihrer Suche bleibt erfolglos. Während Julie hartnäckig versucht, Licht ins Dunkel zu bringen, bemerkt sie, dass die wachsamen Augen von Mrs. Wegener ständig auf ihr ruhen. Anfangs war ihr diese Beobachtung unangenehm, doch mit der Zeit hat sie sich daran gewöhnt und es ist ein normaler Bestandteil ihres Alltags geworden. Amanda liegt immer noch im Koma, aber ihr Zustand ist stabil. Die endlosen Befragungen der Internatsschülerinnen haben viel Zeit in Anspruch genommen, aber keine neuen Erkenntnisse gebracht. Der geplante Welcome Ball wurde verständlicherweise abgesagt, die Polizei hat den Fall Amanda vorerst zu den Akten gelegt und sich aus dem Internat zurückgezogen.

Mehrere Schülerinnen aus verschiedenen Klassen wurden von besorgten Eltern nach Hause geholt und mussten die Schule wechseln. Dieses Schicksal blieb den fünf Freundinnen zum Glück erspart. Auch wenn es Christina viel Überzeugungsarbeit gekostet hat, ihrer Oma klarzumachen, dass es ihr noch gut geht. Für die Freundinnen wäre es unvorstellbar, sich trennen zu müssen.

Trotz der traurigen Ereignisse versuchen sie, sich den Schulalltag so angenehm wie möglich zu gestalten. Mr. Halbrook gibt sich alle Mühe, eine sichere und unbeschwerte Atmosphäre zu schaffen. Julie hat sich inzwischen gut eingelebt, vor allem durch die enge Bindung zu ihren Freundinnen. Sogar zu ihrer Mutter hat sie regelmäßigen Kontakt und findet, dass die Distanz zwischen ihnen der Beziehung guttut.

Außerdem sind sie stets darauf bedacht, ihre Fähigkeiten so weit wie möglich zu unterdrücken und zu kontrollieren. In den vielen Stunden, die die Mädchen nachts in ihrem Versteck im Turm verbracht haben, haben sie unzählige Male darüber nachgedacht, welche Rolle Mrs. Wegener bei den Geschehnissen gespielt haben könnte, aber noch keine Antwort gefunden.

„Eines ist klar", sagt Christina eines Abends. „Wenn hier wirklich böse Mächte am Werk sind, dann sollten wir darauf vorbereitet sein!"

„Dann ist es beschlossene Sache", meldet sich Holly zu Wort. „Wozu haben wir diese komischen Fähigkeiten, wenn wir sie nicht einsetzen? Lasst uns stärker werden!"

„Und uns selbst kennen lernen", fügt Lea leise hinzu.

Die Mädchen sehen sich lächelnd an.

„Dann müssen wir üben", meint Ellie.

„Gut", sagt Julie voller Elan. „Circle of Five – morgen fangen wir an!"

Am nächsten Nachmittag beschließen sie, gemeinsam spazieren zu gehen. Sie haben sich vorgenommen, immer wieder versteckt zwischen den Hügeln und Wegen, die sich vor der Halbinsel kilometerweit ins Landesinnere schlängeln, ihre Kräfte zu trainieren.

Die raue Natur der Highlands bildet die Kulisse für ihre geheimen Trainingseinheiten. Julie und ihre Freundinnen stehen auf einem Hügel, umgeben von Geröll, kargen Gräsern und ein paar Ginsterbüschen, die zu dieser Jahreszeit fast grau wirken. Inmitten dieser atemberaubenden Landschaft schafft Ellie einen großen Fortschritt: Mit einer einfachen Handbewegung entlockt sie dem Boden Feuchtigkeit und es scheint, als würde es von unten nach oben regnen. Als ihre Kräfte nachlassen und alle nass zu werden drohen, setzt Julie einen kräftigen Windstoß ein, der die Wassertropfen über ihre Köpfe hinwegträgt. Beflügelt von diesen schnellen Fortschritten wird es zur Gewohnheit, fast jeden Tag gemeinsam in die Natur zu gehen, wo sie sich immer sicherer fühlen. So vergehen die Nachmittage.

Während sich die anderen auf ihre Fähigkeiten konzentrieren, vertieft sich Christina abends immer mehr in ihre Bücher. In der Burgchronik entdeckt sie Hinweise, die den Fluch der Falkirk Burg erläutern und Informationen über den verfluchten Turm liefern.

Sie stellt jedoch fest, dass durch die Seiten, die fehlen, die Hinweise unvollständig sind. Sie verschlingt alles, was sie über den Hexenfluch finden kann, und sucht nach Hinweisen auf den Standort des Turms, in dem die angeblichen Hexen gelebt haben sollen. Trotz ihrer intensiven Bemühungen konnte sie bisher keine konkrete Antwort auf die Frage finden, ob die Fähigkeiten der fünf in irgendeiner Weise mit der Legende des Schlosses zusammenhängen.

Eines Abends im Turmzimmer gibt Holly plötzlich ein leises verzweifeltes Stöhnen von sich. „Ich bin schon viel stärker geworden, aber ich kann die plötzlichen Ausbrüche meiner Fähigkeit immer noch nicht kontrollieren!"

„Gut, dass wir immer zusammen sind", lächelt Ellie, „bisher konnte ich alles löschen, bevor jemand etwas gemerkt hat."

Julie legt den Comic weg, in dem sie gerade geblättert hat, und wechselt das Thema: „Lasst uns über etwas anderes reden: Als was geht ihr an Halloween?"

„Ich gehe als Schneewolf", zwinkert Lea.

„Dann gewinnst du bestimmt den Kostümpreis", lacht Holly.

Unbekümmert fährt Julie fort: „Aber ich muss sagen, ich freue mich schon sehr auf die Party. Es wird uns allen guttun, mal an etwas anderes zu denken."

Ellie sieht sie an und macht einen Vorschlag: „Warum verkleiden wir uns nicht alle als Hexen?"

„Um unseren Pentagramm-Fähigkeiten gerecht zu werden?", fragt Julie skeptisch.

„Warum nicht?", antwortet Ellie.

„Ich finde die Idee toll!", ruft Holly. „Das passt zu uns."

„The Circle of Five werden die gefürchteten Hexen der St. Mary's Boarding School. Wenn das kein Klischee ist!", kichert Ellie.

„Du bist so still, Christina. Bist du bei der Hexenverkleidung dabei?", fragt Lea.

„Meinetwegen", antwortet Christina gleichgültig.

Holly schaut sie erstaunt an. „Ist alles in Ordnung? Du bist in letzter Zeit so mürrisch", fragt sie.

„Es kann ja nicht jeder immer so gut gelaunt sein wie du", erwidert Christina missmutig.

Julie streckt sich und gähnt. „Mädels, ich muss ins Bett. Gut, dass morgen schulfrei ist. Wann treffen wir uns denn, um die Cafeteria für die Party zu schmücken?", fragt sie.

„Auf dem Organisationszettel steht, dass sich das Deko-Team um 9 Uhr nach dem Frühstück trifft", sagt Christina.

„Gut, Leute, dann verabschiede ich mich jetzt in die Nacht. Ich bin echt müde. Wir sehen uns morgen früh", antwortet Julie, steht auf und geht zur kleinen Luke, um die Leiter hinunterzuklettern.

„Ich komme mit. Ich habe letzte Nacht schlecht geschlafen", sagt Lea. Die Mädchen verabschieden sich und Julie und Lea schleichen unbemerkt aus ihrem Geheimversteck zurück in den Flur, in dem Julies Zimmer liegt. Auf dem dunklen Korridor, dessen Wände immer noch kahl, aber inzwischen frisch gestrichen sind, verabschieden sich die beiden Mädchen leise voneinander.

„Ich hole dich morgen früh um kurz vor acht in deinem Zimmer ab, okay?", fragt Lea Julie, die das mit einem kurzen müden Nicken bestätigt.

Julie schaut Lea hinterher, die mit entschlossenen Schritten in die entgegengesetzte Richtung auf die Galerie zugeht, um den gegenüberliegenden Flur zu erreichen. Das schrille Klingeln von Leas Handy durchbricht die Stille. Hinter einer der Säulen bemerkt Julie einen Schatten und kann in der Dunkelheit die Umrisse der Oberstudienrätin erkennen. *Hat sie uns belauscht?* Sie beobachtet, wie Lea nach dem Gerät in ihrer Gesäßtasche greift, ohne zu bemerken, dass Mrs. Wegener ihr auflauert. Der Blick der Lehrerin fällt auf Lea, die, abgelenkt durch die Nachricht, nichts von der seltsamen Anwesenheit von Mrs. Wegener ahnt. Lea steckt ihr Handy wieder in die Tasche und setzt ihren Weg durch das nächtliche Internat zu ihrem Zimmer fort. Die Lehrerin tritt aus dem dunklen Schatten ihres Verstecks, während Julie schnell in ihr Zimmer huscht und leise die Tür schließt.

Hoffentlich hat sie mich nicht bemerkt, denkt sie und bleibt noch einen Moment hinter der Tür stehen,

154

um zu lauschen, ob sie Schritte hört. *Was hat das zu bedeuten?*, fragt sie sich. Langsam beruhigt sich ihr Herzschlag und sie nimmt all ihren Mut zusammen, öffnet die Zimmertür einen Spalt breit und schaut auf den Flur. Doch er ist menschenleer.

Am nächsten Morgen klopft es kurz vor acht Uhr an Julies Zimmertür.

„Guten Morgen ohne Sorgen", ruft Lea gut gelaunt ins Zimmer.

„Guten Morgen", antwortet Julie. „So aufgeregt?"

„Na klar! Wir bereiten uns auf den Halloweenball heute Abend vor. Das heißt: kein richtiger Unterricht, weil alle mithelfen müssen!" Sie treffen sich mit den anderen drei Mädchen im Großen Saal an ihrem Stammtisch und frühstücken wie jeden Morgen gemeinsam.

„Das Deko-Team ist vollzählig und meldet sich zum Dienst", verkündet Holly scherzhaft. „Lasst uns dafür sorgen, dass hier alles gruselig und düster aussieht!"

Julie überlegt kurz, ob sie von ihrer Beobachtung vom Vorabend erzählen soll, aber da sie Lea kein schlechtes Gefühl machen und heute einfach nur einen schönen Tag haben will, schiebt sie die Erinnerung beiseite, lehnt sich nach vorne und sagt: „Ich glaube, Mrs. Wegener hat uns absichtlich alle ins Deko-Team gesteckt, damit wir immer zusammenbleiben und sie uns besser im Auge behalten kann.“

„Kann schon sein“, seufzt Christina gelangweilt und stochert in ihrem Porridge herum.

„Hey“, knufft Holly sie an, „warum bist du so schlecht gelaunt? Du hast dich doch letztes Jahr so gefreut, als du erfahren hast, dass du im Deko-Team für die Halloweenparty bist. Das machst du doch so gerne.“

„Ach, lass mich doch in Ruhe. Ich gehe in mein Zimmer, ich muss noch für die Matheklausur nächste Woche lernen“, antwortet sie gereizt.

„Soll ich dich später abholen? Dann können wir zusammen in den Deko-Raum gehen und schauen, was wir für die Party brauchen“, fragt Lea einfühlsam.

Christina zuckt mit den Schultern: „Wenn du willst.“ Sie steht auf und verlässt mit hängenden Schultern, aber energischen Schritten den Frühstücksraum.

„Was ist denn mit ihr los?“, fragt Ellie in die Runde, als sie außer Hörweite ist.

Holly schaut sie nachdenklich an und antwortet: „Sie ist schon seit ein paar Tagen so komisch. Seit wir neulich in den Hügeln waren und geübt haben.“

„Na ja“, wirft Lea ein, „seid mir jetzt nicht böse, aber ihr drei habt an dem Nachmittag ganz schön mit

euren Kräften geprahlt." Julie, Holly und Ellie schauen Lea erstaunt an.

Ellie bricht das Schweigen: „Wieso angegeben? Wir haben doch nur geübt. Das hast du doch auch gemacht."

Lea seufzt leicht und antwortet: „Ja, aber wie ihr wisst, kann ich mich nur in Katzen, Vögel, Hunde verwandeln, in etwas, das nicht größer ist als ich. In den silbernen Wolf, den ihr gesehen habt, kann ich mich nur ab und zu verwandeln. Den habe ich leider noch nicht unter Kontrolle. Er kommt und geht, wie er will. Ihr streichelt mir auch ständig über den Kopf wie einem Schoßhund. Das nervt manchmal, vor allem, wenn man sieht, wie Holly mit Feuerbällen um sich wirft, wie Julie den Wind durch die Blätter der Bäume pfeifen und Gegenstände, sogar Steine, durch die Luft schweben lässt und wie du überall das Wasser kontrollierst. Zum Beispiel, als du das mit den Wassertropfen gemacht hast, Julie sie mit ein bisschen Wind durch die Luft tanzen lassen hat und Holly die Funken dazwischen gesprüht hat, so dass die Wassertropfen in allen Farben leuchteten."

„Das war echt cool!", erinnert sich Holly grinsend.

„Das war es auch", stimmt Lea zu, „aber für mich und Christina ist es ein bisschen nervig! Unsere Fähigkeiten sind nicht so bombastisch wie eure. Christina versteht zwar in jeder Sprache alles, aber sie kann ihre Fähigkeiten nicht mit euren verbinden. Was nützt die Sprache, wenn Wassertropfen fliegen können? Und einen Welpen kann man auch nicht wirklich integrieren.“

„Es sei denn, Julie lässt ihn mit den Wassertropfen zusammen fliegen“, scherzt Holly.

„Holly!“, mahnt Julie und wendet sich einfühlsam an Lea: „Ich glaube, ich verstehe, was du meinst. Unsere Fähigkeiten sehen von außen beeindruckend aus, während man Christinas Fähigkeiten nicht sehen kann und du dich ärgerst, dass du dich hauptsächlich in flauschige Tierchen verwandelst. Und wenn wir zusammen üben, kann es aussehen, als würden wir angeben.“

„Nicht direkt angeben“, murmelt Lea. „Aber manchmal hat man das Gefühl, dass ihr besser seid als Christina und ich.“

„Was meinst du damit?“, fragt Ellie, „wir haben uns unsere Kräfte doch nicht ausgesucht. Schließlich dachten wir bis vor kurzem alle, wir wären nur ein paar verrückte Freaks. Und wir wissen immer noch nicht genau, warum wir diese Bestimmung haben oder warum unsere Fähigkeiten plötzlich immer stärker werden.“

„Bestimmung?“, fragt Holly erstaunt. „Jetzt haben wir schon eine Bestimmung?“

„Wie nennst du es denn sonst?“

„Ich würde es eher Schicksal nennen“, antwortet Julie. „Und egal, wie man es nennt, Tatsache ist, dass Lea und Christina sich ausgeschlossen fühlen, richtig?“

160

Lea antwortet lächelnd: „Na ja, ausgeschlossen klingt direkt nach beleidigt. Vielleicht eher nicht so akzeptiert. Wir üben ja auch beide.“

„Das sehen wir. Ich glaube, wir müssen einfach mehr darauf achten, dass ihr euch genauso angenommen und wohl fühlt wie wir.“

„Und ich werde dich nicht mehr wie ein Kätzchen streicheln“, wirft Holly ein.

Lea nickt erleichtert darüber, dass sie verstanden wird. Sie nimmt einen Schluck aus ihrer Teetasse und verzieht das Gesicht. „Igitt, kalt geworden“, sagt sie.

Holly macht eine winzige Bewegung mit dem Zeigefinger und augenblicklich steigt heißer Dampf aus Leas Teetasse.

„Angeberin!“, lacht Lea und Holly zwinkert ihr zu.

Plötzlich kommt Christina zurück an den Tisch gelaufen. Die anderen schauen sie überrascht an und sie flüstert schnell: „Ich glaube, gleich gibts 'ne Ansprache!“ Ihre schlechte Laune ist echter Neugier gewichen.

Dann betreten Mr. Halbrook und die wie immer streng dreinblickende Oberstudienrätin den großen Saal und er beginnt mit seiner Ansage: „Ich bitte um eure Aufmerksamkeit!“

Doch er wird sofort von einem lauten metallischen Scheppern unterbrochen, das durch die ganze Halle hallt. Alle Augen richten sich in die Richtung, aus der das Geräusch zu kommen scheint. Ein verschmitztes

Lächeln breitet sich auf Ms. Domptons Gesicht aus, als sie verlegen zurückblickt und einen metallenen Topfdeckel vom Boden aufhebt, der zuvor auf den Steinboden gefallen war. Mrs. Wegener wirft ihr einen tadelnden Blick zu. Der Schulleiter wendet sich wieder unbekümmert den umstehenden Mädchen zu und will gerade mit der Ankündigung bezüglich der Feierlichkeiten beginnen, als Ms. Dompton plötzlich einen gellenden Schrei ausstößt.

„Nein!", ruft sie und alle Augen richten sich wieder auf die Großküche.

Dann geschieht alles wie im Zeitraffer. Ms. Dompton steht vor dem Herd, auf dem sie gerade einen riesigen Topf Hühnersuppe für das Mittagessen zubereitet. Der Topf ist zur Seite gerutscht und droht vom Herd zu fallen. Alles passiert auf einmal: Der Topf gerät ins Wanken und etwas Suppe schwappt heraus.

„Mach was!", flüstert Holly schnell Ellie zu. Diese macht eine kleine Handbewegung in Richtung des Topfes und die Suppe schwappt wieder zurück. Gleichzeitig springt wie aus dem Nichts eine kleine Katze auf den Herd und blockiert den Topf, so dass er wieder in eine stabile Position rutscht. Holly ballt die Hand zur Faust und die Gasflamme des Herdes erlischt.

„Gott sei Dank!", ruft die Köchin aufgebracht.

Julie, Holly und Ellie sehen sich an und zwinkern sich zu.

„Gut gemacht", flüstert Christina.

162

Liebevoll nimmt Ms. Dompton das kleine Kätzchen vom Herd auf den Arm und sagt zu dem schnurrenden Tier: „Du hast das Schlimmste verhindert, Mieze, auch wenn ich nicht weiß, wo du so plötzlich hergekommen bist."

„Halten wir neuerdings Haustiere in unserer Schulküche, Ms. Dompton?", fragt Mr. Halbrook lächelnd in Richtung Großküche.

Sie schaut ihn verlegen an und stottert: „Nein, natürlich nicht, Mr. Halbrook. Ich muss die Küchentür zum Hof offengelassen haben."

Zu der Katze auf ihrem Arm sagt sie: „Raus mit dir, du kleiner Retter des Tages." Sie lässt das Tier in den Hof und ruft ihm hinterher: „Mach dich nützlich und fang ein paar Mäuse! Das hast du dir verdient." Dann schließt sie gewissenhaft die Tür.

Der Schuldirektor räuspert sich und fängt an: „Nun, vielleicht kann ich jetzt versuchen, das zu sagen, was ich sagen wollte. Aus gegebenem Anlass und den Ereignissen der letzten Wochen möchte ich euch bitten, bei der heutigen Feier nicht allein durch das Internat oder über das Gelände zu gehen. Aus Sicherheitsgründen sollten immer mindestens zwei zusammenbleiben. Ich bitte noch einmal alle, sich an diese Regel zu halten, damit wir heute Abend gemeinsam ein schönes traditionelles Fest feiern können."

Ohne ein weiteres Wort verlässt er, gefolgt von Mrs. Wegener, die Cafeteria. Seine früher so prägnante väterliche Art scheint fast völlig verblasst. Die sichtbaren Spuren seiner Sorgen in den letzten Wochen und die ungeklärten Vermisstenfälle haben tiefe Falten in sein Gesicht gegraben, die für alle deutlich sichtbar sind.

„Wir sind sowieso nie allein", scherzt Holly.

„Habe ich was verpasst?", fragt Lea und kommt an den Tisch.

Holly schaut sie verwirrt an und fragt: „Wo kommst du denn her? Warst du nicht eben noch bei uns?"

Lea grinst, zwinkert mit einem Auge und sagt leise: „Miau!"

ie Vorbereitungen für die Halloween-party laufen schon den ganzen Tag auf Hochtouren und eine Stimmung der Vorfreude hat sich über die gesamte Burg gelegt. Die Freundinnen haben sich in ihren Zimmern verkleidet und sich an die Abmachung gehalten, als Hexen zur Party zu gehen.

Christina trägt ein langes dunkles Kleid mit silbernen Mondphasen-Verzierungen und um ihren Hals schlingt sich ein schwarzer Umhang. Lea hat sich für einen naturverbundenen Look entschieden. Ein bodenlanges Kleid aus grünem Samt, bestickt mit Blättern und Ranken, verleiht ihr das Aussehen einer Waldhexe. Eingeflochtene Blumen zieren ihre Haare. Holly hingegen hat sich für einen eleganten Hexen-Look entschieden. Sie trägt ein bodenlanges schwarzes Kleid und ein glamouröser lilafarbener Umhang umhüllt ihre Schultern. Auf ihrem Kopf funkelt eine Tiara mit bunten Edelsteinen. Neben ihr sieht Ellie wie eine richtige Hippie-Hexe aus. Ein lockeres bodenlanges Kleid in dunklem Lila und ein fließender Umhang, dessen Saum mit Sternen und Monden bestickt ist, betonen ihre sportliche Figur. Ihre Haare sind zu locker fallenden Wellen gestylt und eine Kette mit einem Amulett in der Form eines Pentagramms schmückt ihren Hals. Julie hat lange vor ihrem Kleiderschrank gestanden und die verschiedenen Kleidungsstücke betrachtet, die sie für ihr modernes Hexenkostüm in Betracht gezogen hat. Statt sich für das traditionelle Kleid zu entscheiden, beschließt sie, einen zeitgemäßen Ansatz zu wählen – einen Look mit Hosen, der ihre moderne Hexenpersönlichkeit unterstreichen soll.

Daher wählt sie eine elegante schwarze Hose mit einem lockeren Schnitt. Sie kombiniert die Hose mit einem figurbetonten, tief ausgeschnittenen Oberteil, das mit silbernen Sternen und Monden verziert ist. Um ihre Schultern legt sie einen asymmetrischen Umhang aus transparentem schwarzem Stoff, der bei jedem Schritt leicht flattert. Ihre mittlerweile etwas länger gewachsenen Haare, die sie in ein dunkles, natürliches Blond umgefärbt hat, stylt sie mit leichten Wellen. Nachdem jede Freundin ihre Verkleidung perfektioniert hat, treffen sie sich in ihrem geheimen Versteck. Sie stoßen mit Gläsern von verbotenem Sekt

an, den sie unbemerkt an einem Kiosk im angrenzenden Ort gekauft haben, und bewundern einander in ihren zauberhaften Kostümen. Die Vorfreude auf die Halloween-Party ist ihnen anzusehen. Holly lässt sich auf eines der gemütlichen Kissen fallen, wirbelt dabei Staub vom Boden auf und muss spontan wieder niesen. Beim Niesen entzündet sie das Batiktuch, das über der kleinen Lampe hängt. Christina wirft Ellie blitzschnell eine Wasserflasche zu und mit einer gezielten Handbewegung löscht sie das kleine Feuer sofort.

„Ich bin so froh, dass du meine Freundin bist und wir so ein eingespieltes Team sind", stöhnt Holly. „Mit dir an meiner Seite fühle ich mich viel sicherer."

Die Mädchen lachen.

Dann wird Christina ernst und sagt: „Ich weiß, wir wollten heute nur den Abend genießen und Spaß haben, aber ich muss wirklich mit euch reden." Die anderen hören ihr gespannt zu.

„Ich finde einfach keine Antwort auf das Verschwinden der drei Schülerinnen und den tragischen Unfall mit Amanda." Julie merkt Christina ihre Verzweiflung an.

„Und der Vandalismus an den Bildern mit den ausgebrannten Augen", fügt Lea hinzu.

„Genau", antwortet Christina.

„Und dann stand wie aus dem Nichts plötzlich Mrs. Wegener bei mir im Flur, als sie mich damals bedroht hat“, ergänzt Julie und fragt Holly: „Bist du sicher, dass du nichts mit den kaputten Porträts zu tun hast?“

Holly schüttelt den Kopf und ihr Diadem glitzert im Schein der Lichterketten. „Nein. Ich meine, ich habe schon das Gefühl, dass meine Kräfte stärker geworden sind oder dass ich sie nicht mehr so gut unter Kontrolle habe, aber ich muss zumindest in der Nähe von etwas sein, um es in Flammen aufgehen zu lassen. Die meisten Bilder, die beschädigt wurden, hängen in deinem Flur, Julie, und ich war dort fast nie, bis du hierherkamst. Erst jetzt, wo wir Freunde sind, bin ich öfter dort.“

„Als das mit uns im Großen Saal passiert ist, war Mrs. Wegener auch da und als Amanda gestürzt ist …“, Ellie blickt kurz traurig zu Boden, als die Erinnerung an den Anblick sie einholt, „… war sie diejenige, die kurz vor uns am Unfallort war.“

Hollys Augen werden groß und sie sagt verschwörerisch: „Und der Topf mit der Hühnersuppe – da war sie auch dabei!“

„Das könnte aber auch Ms. Dompton selbst gewesen sein“, wirft Ellie ein, „sie ist wirklich sehr schusselig.“

„Lea, ist dir etwas aufgefallen?“, fragt Julie. Lea blickt von dem Pentagramm auf der Weltkarte auf. Sie ist gerade dabei, es mit ihren Buntstiften künstlerisch zu verschönern.

„Ich bin mir nicht sicher, aber als Ms. Dompton

mich durch die Küchentür gehen ließ, bemerkte ich, wie Mrs. Wegener mich in meiner Katzengestalt so unheimlich ansah. Irgendwie lauernd."

„Vielleicht mag sie Katzen, du warst wirklich süß", sagt Holly. „Kannst du eigentlich schnurren?" Lea verdreht die Augen und wendet sich wieder ihrem Kunstwerk zu.

„Was meinst du mit lauernd?", fragt Julie.

„Ich meine, sie hat mich so nachdenklich angesehen."

„Ich muss dir etwas sagen", druckst Julie herum und Lea schaut sie fragend an. „Gestern Abend, nachdem wir uns verabschiedet hatten, habe ich gesehen, wie Mrs. Wegener sich hinter einer Säule versteckt hat, als du eine Nachricht bekommen hast. Ich habe heute nichts gesagt, weil ich dich nicht beunruhigen wollte."

Bevor Lea weiter fragen kann, unterbricht Ellie ihre Sit-ups, die sie trotz ihres Kostüms gerade macht, und schaut Lea an. „Ob sie weiß, dass du dich verwandeln kannst?", fragt sie.

Lea zuckt mit den Schultern und antwortet langsam: „Ich glaube, genau wie Julie, dass sie entweder etwas ahnt oder irgendwie darin verwickelt ist."

Julie nickt nachdenklich. „Zumindest glaubt sie, dass wir alle fünf etwas mit dem Verschwinden der Schülerinnen zu tun haben. Christina, hast du inzwischen herausgefunden, was wir mit dem Hexenfluch zu tun haben könnten?", fragt Julie.

„Nein", antwortet Christina. „Ich habe wirklich

intensiv recherchiert, aber nichts gefunden. Ich befürchte, dass in der Burgchronik, in der ich viel gelesen habe, möglicherweise Informationen auf Seiten enthalten waren, die nun fehlen. Auch über den Turm, der dort erwähnt wird und der hier gestanden haben soll, konnte ich noch nichts herausfinden."

Stille breitet sich in der Dachkammer aus.

Dann klatscht Ellie aufmunternd in die Hände. „Wer will noch was trinken?", fragt sie fröhlich. „Lasst die Geheimnisse der Burg für einen Abend ruhen. Heute wird gefeiert!" Sie holt eine zweite Flasche Sekt aus ihrem Rucksack.

„Ellie, wir dürfen doch keinen Alkohol in die Schule schmuggeln!", ruft Holly und grinst gespielt betroffen.

„Wir dürfen auch nicht mit Feuer spielen", erwidert die Übeltäterin lachend.

Holly antwortet melodramatisch: „Ich spiele gerne mit Feuer, schließlich kann ich mir daran nicht die Finger verbrennen."

Julie steht auf und reicht Ellie lachend das Glas zum Nachfüllen. „Hör auf, sonst weint noch einer", scherzt sie und wendet sich an Ellie: „Schenk ein, sonst wird der Sekt noch zu warm. Unten gibt es nur die alkoholfreie Bowle."

Ellie schenkt nach und verteilt die Gläser wieder an ihre Freundinnen.

Christina nimmt gedankenverloren ihr Glas, stellt

es aber gleich wieder ab. Dann sagt sie: „Ich habe mich in den letzten Wochen wirklich intensiv damit auseinandergesetzt, wieso wir unsere Kräfte gegenseitig verstärken. Aber das ganze Internet weiß nicht mehr als wir.“

„Nun, wir kommen aus Ländern, die zusammen auf der Weltkarte ein Pentagramm bilden. Und diese Schule liegt genau in der Mitte. Ist das nicht schon Grund genug?“, fragt Holly.

„Ja, aber wir sind alle unabhängig voneinander hierhergekommen. Unsere Familien kennen sich nicht“, erwidert Christina. Schweigend nippen die Mädchen an ihren Gläsern.

Plötzlich durchbricht das markerschütternde Quietschen der Falltür die angespannte Stille. Erschrocken zucken die Mädchen zusammen, als ein Schatten langsam die knarrende Leiter zu ihrem verborgenen Turmzimmer hinaufklettert.

„Guten Abend, meine Damen“, ertönt die strenge Stimme von Mrs. Wegener, als sie mit sicheren Schritten die letzten Stufen erklimmt und vor den überraschten Freundinnen steht. Ihr Blick ruht auf ihnen, ihre Präsenz durchdringt die Dachkammer. Die Mädchen starren sie verblüfft an, als hätten sie einen Geist beschworen.

„Ihr seht heute Abend alle sehr authentisch aus“, sagt sie bewundernd. „Und über den Alkohol sehe ich diesmal großzügig hinweg.“

„Wie haben Sie uns gefunden?", fragt Christina, die als erste ihre Sprache wiederfindet.

Die Oberstudienrätin lacht schallend: „Ihr seid nicht die ersten Schülerinnen, die dieses Versteck hier gefunden haben. Aber Mr. Halbrook ist der Meinung, dass wir nichts unternehmen sollten, wenn jemand diesen Turm für sich entdeckt. Er meint, wenn Schüler diesen Raum finden, sollten sie ihn auch als Rückzugsort behalten dürfen. Schließlich ist es nicht leicht, die Geheimtür hinter der Säule im Korridor zu finden, geschweige denn die Falltür hier oben."

„Wollen Sie uns in Steinsäulen verwandeln?", fragt Holly schaudernd, woraufhin sie von Ellie einen leichten Tritt erhält.

„Steinsäulen?", wiederholt Mrs. Wegener erstaunt, „warum denn das?"

„Na ja ...", insistiert Holly und wird von der Lehrerin unterbrochen: „Ich habe keine magischen Kräfte wie ihr."

Fassungslos schauen die fünf Freundinnen sie an. Mrs. Wegener lächelt und setzt sich wie selbstverständlich auf eines der herumliegenden Kissen. Dann sagt sie: „Ich glaube, ihr solltet euch setzen. Ich habe euch etwas zu erklären." Schweigend setzen die Mädchen sich da, wo sie stehen, unfähig, der Lehrerin nicht zu gehorchen.

Sie holt tief Luft. „Vor einiger Zeit, als die ersten

Vermisstenfälle auftauchten – Cindy Fields und Lesley Hughes, ihr kanntet sie doch flüchtig, oder?"

„Die beiden aus der Oberstufe, wir kannten sie vom Sehen", antwortet Christina.

„Genau die", lächelt Mrs. Wegener. „Ich war am Boden zerstört. Ihr müsst verstehen, meine Hauptaufgabe ist es, euch zu beschützen. Die meisten von euch kommen aus Familien, die nicht verstehen, wie wichtig Zuwendung ist. Natürlich will ich euch auch Wissen vermitteln, aber was nützt euch Wissen, wenn ihr keine soziale Kompetenz habt?" Sie schaut die Mädchen einzeln an.

Julie bemerkt Einfühlungsvermögen in ihren Augen, eine Emotion, die sie bei der Oberstudienrätin noch nie gesehen hat. *Vielleicht habe ich mich in ihr getäuscht*, überlegt sie.

„Ich wurde auch einmal zurückgewiesen. Nicht von meinen Eltern, aber von meinem Mann."

„Jemand hat Sie geheiratet?", platzt Holly heraus.

„Holly, halt die Klappe!", zischt Ellie sie an, woraufhin sie betreten zu Boden blickt.

„Schon gut", lächelt Mrs. Wegener. „Ich habe mich nicht gerade von meiner zugänglichsten Seite gezeigt." Sie nimmt Christinas unberührtes Sektglas vom Beistelltisch und trinkt es in einem großen Schluck aus. Die Freundinnen schauen sich verstohlen an. Dann fährt sie fort: „Jedenfalls habe ich hier in der Burg auch so eine Art Geheimversteck, falls ich mal eine Auszeit brauche."

Sie schaut die Mädchen an, die immer noch nicht verstehen, was die Oberstudienrätin ihnen da erzählt. „Die Kellergewölbe", sagt sie dann verschwörerisch. „Ich gehe gerne unten in den Katakomben herum, wo die alten Whiskyfässer stehen, und genieße die Ruhe. Als ich also, nachdem die Polizei ihre Spurensuche nach dem ersten Verschwinden der beiden Schülerinnen beendet hatte, dort unten umherging, um meine Gedanken zu ordnen, hörte ich plötzlich ein leises Gemurmel von zwei Personen oder besser gesagt Gestalten."

„Gestalten?", wiederholt Lea angespannt.

„Sie meint, etwas Unmenschliches gehört zu haben", sagt Christina, die offensichtlich gerade voll in ihrem Element ist, ohne den Blick von Mrs. Wegener zu nehmen. Julie erkennt an ihren leicht zusammengekniffenen Augen, dass sie die Worte der Oberstudienrätin wie ein Buch liest.

Diese schaut sie lächelnd an. „Deine Pentagrammkraft funktioniert hervorragend." Dass die Lehrerin die Kraft des Pentagramms nicht nur zu kennen, sondern auch zu akzeptieren scheint, droht das Gefüge ihrer Welt augenblicklich aus den Angeln zu heben. Mit weit aufgerissenen Augen starren sie Mrs. Wegener an und die Überraschung steht ihnen ins Gesicht geschrieben.

Die Reaktion der Mädchen übergeht sie gekonnt mit einer Erklärung: „Was ich sah, hat mir buchstäblich den Atem geraubt. Es war nicht nur erschreckend, sondern so surreal, dass ich für einen Moment

an meiner eigenen Realität zweifelte. Im Schutz der Dunkelheit des Kellergewölbes versteckte ich mich hinter einem Vorsprung, um die beiden flüsternden Gestalten zu belauschen. Ihr könnt euch nicht vorstellen, wie mein Herz klopfte, während ich versuchte, meine Atmung unter Kontrolle zu halten." Sie dreht das leere Sektglas in ihren Händen und Julie spürt, wie sie mit den Erinnerungen kämpft. „Die eine Gestalt war kein Mensch, das spürte ich mit jeder Faser meines Seins. Ich wagte kaum zu blinzeln, als sich meine Augen an die Dunkelheit anpassten und die Umrisse der geheimnisvollen Wesen langsam klarer wurden." Die Spannung in der Turmkammer gleicht einer Gewitterwolke, die jeden Moment ihren Blitz entlädt. „Sie waren da im Schein der Kerzen, ihre Schatten tanzten an den Wänden", fährt Mrs. Wegener fort und die Mädchen hören gespannt zu, als könnten sie die unheimlichen Gestalten mit eigenen Augen sehen.

Holly trinkt ihr Glas aus und fragt dann ängstlich: „Was für Gestalten?"

Mrs. Wegener fährt mit zitternder Stimme fort: „Eine war Mr. Halbrook. Er stand da und schaute zu dieser schrecklichen Kreatur auf. Ich weiß nicht, wie ich es sonst beschreiben soll. Es war eine große schattenhafte Gestalt, größer als er selbst. Und sie stand in … in …" Sie stockt, ihre Worte hängen bedrohlich in der Luft, während sie fast beschämt auf den Boden starrt. „… in Flammen!", beendet sie schließlich ihren Satz, ohne die Mädchen anzusehen.

Ein eisiger Schauer läuft den Freundinnen über den Rücken, als sie versuchen, die Beschreibung der Lehrerin zu verstehen.

Seine Augen, denkt Julie, *das habe ich mir nicht eingebildet, als ich diese schwarzen Augen gesehen habe, damals, als er mit dieser Barbara auf dem Hof gesprochen hat!*

Der Raum scheint kleiner zu werden und die Stille wird von Hollys Stimme unterbrochen, die leise fragt: „Flammen?"

„Ja, Flammen. Um die Gestalt herum loderten Flammen, als wäre sie aus den Tiefen der Hölle aufgestiegen", ergänzt Mrs. Wegener leise. „Etwas Unmenschliches, etwas, das nicht in diese Welt gehört!"

Die Mädchen verharren in düsterer Faszination, während die Lehrerin ihre Erinnerungen an die unheimliche Begegnung im Kellergewölbe schildert.

„Der Teufel höchstpersönlich", flüstert Christina, den Blick noch immer auf Mrs. Wegener gerichtet. In ihrer Stimme mischt sich Ungläubigkeit mit Angst.

Die Lehrerin hebt langsam den Kopf und schaut Christina unsicher an. „Ja, ich glaube, es war der Teufel."

Die Worte hallen wie ein unheilvolles Echo durch die Dachkammer. Keines der Mädchen wagt zu atmen. Fast könnte man eine Stecknadel zu Boden fallen hören.

176

Plötzlich beginnt Ellie nervös zu kichern. „Der Teufel?", wiederholt sie ungläubig. „Mrs. Wegener, das glauben Sie doch nicht wirklich, oder? Ich meine, vielleicht haben Sie das alles nur geträumt! Weil Sie so aufgewühlt waren wegen der verschwundenen Mädchen. Eine Gestalt, die in Flammen steht und mit Mr. Halbrook spricht, unserem Mr. Halbrook? Der kann doch nicht einmal zu uns streng sein. Noch dazu im Kellergewölbe des Internats", jetzt schüttelt sie den Kopf. „Sorry, aber das ist mir ein bisschen zu weit hergeholt und klingt zu sehr nach einem bösen Traum!"

Christina sagt leise: „Sie sind dafür verantwortlich. Sie haben uns absichtlich hier zusammengebracht."

Mrs. Wegener sieht Christina an. Sie nickt kaum merklich und sagt: „Ja. Ich habe gehört, wie Mr. Halbrook die Gestalt, den Teufel, angefleht hat, ihn aus einem Vertrag zu entlassen. Er bat darum, seine Seele geben zu dürfen, um die jungen Seelen der Teenager zu verschonen. Aber der Teufel lachte nur und erinnerte ihn an die Bedingungen des Paktes."

„Und", fragt Holly aufgeregt, „was sind das für Bedingungen?"

„Gesundheit für sein Kind im Tausch gegen junge Seelen, an denen sich der Teufel mästen und sein Fegefeuer brennen lassen kann."

Wie erstarrt sitzen die Freundinnen da. Nur Lea nickt langsam, schluckt gequält und bricht das

Schweigen: „Ich erinnere mich, seine Tochter war so krank. Sie wäre fast gestorben."

„Richtig", antwortet Mrs. Wegener, „sie hatte Leukämie."

Das Foto auf Mr. Halbrooks Schreibtisch, denkt Julie. *Aber warum erzählt Mrs. Wegener uns das?* Dann schüttelt sie energisch den Kopf und wendet sich mit fester Stimme an die Oberstudienrätin: „Mrs. Wegener, was ist hier los? Warum stalken Sie uns, vor allem mich, seit Monaten und erzählen uns jetzt solche Gruselgeschichten?" Mrs. Wegener setzt zu einer Antwort an, doch Julie lässt sie nicht zu Wort kommen: „Mr. Halbrook ist der netteste Erwachsene, den ich je getroffen habe! Nichts für ungut, aber vor allem im Gegensatz zu Ihnen. Ich glaube Ihnen nicht!"

Holly holt hörbar tief Luft und flüstert: „Aber der Hexenfluch!"

Mrs. Wegener nickt verständnisvoll. „Julie", sagt sie leise. „Ich weiß, ich habe euch bisher keinen Grund gegeben, mir zu vertrauen. Aber ich bitte euch alle", sie wendet sich an die Runde, „hört mir jetzt zu: In der Chronik kann man ganz genau nachlesen, dass diese Burg einmal ein Kloster war. Der Legende nach lebte hier ein alter Nonnenorden. In der Zeit, als sich die Menschen aus Angst vor Hexen gegenseitig denunzierten, fand hier auf dem Gelände ein großer Prozess gegen fünf Nonnen statt."

Christina nickt eifrig. „Ja, das habe ich gelesen!

178

Eine Bettlerin hat sie der Hexerei beschuldigt, nachdem sie sie weggeschickt hatten. Die Bettlerin wollte etwas zu essen, aber da die Nonnen selbst nichts hatten, mussten sie sie abweisen. Die Bettlerin wurde darüber so wütend, dass sie behauptete, sie habe die Nonnen bei Mondschein nackt im Wald bei einem Hexenritual tanzen sehen. Alle fünf schworen, keine Hexen zu sein, wurden aber hier auf dem Scheiterhaufen verbrannt!"

„Das stimmt, Christina", bestätigt Mrs. Wegener und erklärt weiter: „Die Sage erzählt, dass sie drei Tage lang brannten, bis sie tot waren, und dass die Henker immer wieder neues Holz nachlegen mussten, um das Feuer am Brennen zu halten. Kurz vor ihrem Tod stießen sie einen letzten schrecklichen Fluch aus: Der Teufel sollte in dem Turm Einzug halten, um durch ihn ein Tor von der Unterwelt in die reale Welt zu schaffen. Dieses Tor könne er aufhalten, indem er sein Fegefeuer mit jungen Seelen füttere. So könne er, wie und wann er wolle, auf der Erde wandeln und sein Unheil anrichten."

„Dieser Turm? In dem wir gerade sitzen?", fragt Holly und schaut sich ängstlich um.

„Nein", erklärt Christina. „Das ist ein Wehrturm, genau wie der andere. Die Legende besagt, dass im Laufe der Zeit noch ein dritter Turm auf der Halbinsel errichtet wurde. Aber wie und was damit geschah, konnte ich nicht herausfinden."

„Die fehlenden Seiten, von denen du gesprochen hast", wirft Lea ein. Mrs. Wegener nickt zustimmend.

„Aber waren es jetzt Nonnen oder Hexen?", fragt Julie.

„Nachdem die Nonnen tot waren, hat man den Turm ausgeräumt", erklärt die Lehrerin. „Überall fand man Gegenstände, die damals für Hexerei benutzt wurden. Auch ein großes Pentagramm, das in das Fundament eingemeißelt war, wurde gefunden. Als die Leute den Turm ausräumen wollten, um die wenigen Habseligkeiten der Frauen zu plündern, sollen sie einen bestialischen Gestank bemerkt haben. Ein Schwefelgeruch, der ihnen den Atem raubte. Die Erde unter dem Pentagramm öffnete sich, der Leibhaftige erschien und zog sie hinab ins Fegefeuer. Danach verschwanden die Bewohner des ursprünglichen Dorfes Falkcreek, dem heutigen Falkirk, einer nach dem anderen, bis das Dorf menschenleer war."

„Alter Schwede!", ruft Ellie. „Das ist mal eine Geschichte."

„Allerdings", stimmt Lea ihr zu.

Christina schaut die Oberstudienrätin nachdenklich an. Ruhig sagt sie: „Sie haben die verschwundenen Mädchen gesehen. Da unten im Kellergewölbe."

Julie bemerkt, wie Mrs. Wegener erschrickt. „Deine Kraft ist wirklich erstaunlich! Du hast ganz recht, in den Flammen habe ich die vermissten Mädchen gesehen. Es sah aus, als wären sie im Feuer angekettet.

Der Teufel lachte und sagte: ‚Das ist ein guter Anfang, bring mir noch mehr‘ oder so ähnlich.“

„Hä? Bring mir WAS noch mehr?“, fragt Holly.

Christina, die den Blick nicht von Mrs. Wegener genommen hat, klärt mit ruhiger Stimme auf: „Mehr Seelen! Der Teufel ernährt sich von verängstigten Seelen. Deshalb verschwinden hier Schülerinnen. Mr. Halbrook bringt ihm, was er will. Den sprichwörtlichen Pakt mit dem Teufel für das Leben seines Kindes.“

„Das glaube ich auch“, stimmt Mrs. Wegener zu. „Niemand konnte sich im letzten Sommer erklären, wie seine Tochter geheilt werden konnte, und er hat nie darüber gesprochen. Natürlich freute man sich für ihn und das Kind, aber verstehen konnte man es nicht. Es war wie ein Wunder und man nahm die Heilung einfach so hin.“

„Was ist dann passiert?“, fragt Julie skeptisch.

„Nun, ich geriet in Panik. Der Polizei konnte ich das nicht erklären, die hätten mich sofort eingewiesen. Mir wurde klar, dass ich es hier mit höheren Mächten zu tun hatte, an deren Existenz ich bis dahin nicht geglaubt hatte. Und wenn ich es nicht mit eigenen Augen gesehen hätte, hätte ich es auch niemandem geglaubt.“

Lea richtet sich interessiert auf. „Und dann?“

„Dann habe ich das gemacht, was alle machen.“

Christina unterbricht sie: „Google gefragt.“

„Genau! Ich habe ein paar Tage gegoogelt. Und ich

habe unglaublich viel Blödsinn gefunden. Aber zwischen all dem Unsinn gab es eine Seite im Darknet, auf der ich eine plausible Erklärung gefunden habe. Nur die fünf Hexen, die die Kräfte des Pentagramms beherrschen, können das Tor zur Unterwelt schließen und den Teufel in sein eigenes Fegefeuer verbannen. Die fünf Hexen oder Nonnen hatten Nachkommen!"

„Nonnen mit Nachwuchs?", fragt Ellie ungläubig und die anderen kichern.

„Ein weiteres Indiz dafür, dass diese Frauen keine Nonnen waren", stellt Christina lächelnd fest.

„Moment mal", wirft Holly ein, „sind wir jetzt die Nachfahren der verbrannten Hexen von Falkirk?", fragt sie.

Mrs. Wegener zuckt mit den Schultern. „Ich weiß es nicht genau, aber ich vermute es. Ich habe ein altes Buch gefunden, den ‚Hexenhammer', geschrieben von einem Geistlichen und Inquisitor der damaligen Zeit. Eine Art Anleitung zur Hexenverfolgung und Vernichtung. Ich habe im Netz einen Hinweis gefunden, dass man, wenn man eine bestimmte Seite rückwärts liest, eine Anleitung bekommt, wie man die Nachkommen der fünf Pentagrammhexen beschwören kann."

„Das Pentagramm!", wiederholt Julie und schaut auf die große Weltkarte, auf der Lea inzwischen das mit Textmarker aufgemalte Pentagramm kunstvoll mit den dazugehörigen Elementen Erde, Wasser, Luft, Feuer und Seele verziert hat.

Die Lehrerin fährt fort: „Zuerst habe ich es als Quatsch abgetan, aber ich wusste nicht mehr weiter und musste etwas tun. Die beiden Mädchen in den Flammen zu sehen …", sie stockt kurz, schüttelt dann die Erinnerung ab und fährt fort: „… als Oberstudienrätin habe ich gewisse Kontakte und auch Befugnisse. Also habe ich beim Deutschen Historischen Museum in Berlin angerufen und darum gebeten, mir die besagte Seite zu mailen. Und siehe da, es war tatsächlich eine genaue Anleitung, wie man die fünf Hexen oder Hüterinnen des Pentagramms beschwören kann! Und dann habe ich es eines Abends einfach ausprobiert. Kurz darauf hat sich Julie hier an der Schule angemeldet."

„Aber wir waren doch schon letztes Jahr hier", zweifelt Lea und zeigt auf sich, Ellie, Holly und Christina.

„Auch dazu habe ich etwas gefunden. In Deutschland gibt es eine Nationalbibliothek, in der alles, was jemals geschrieben wurde, erfasst werden muss. Durch meine Kontakte konnte ich dort ein Dokument einsehen, in dem steht, dass, wenn der Teufel auf Erden wandelt, sich die Hüterinnen des Pentagramms versammeln, um ihn in die Verdammnis zu sperren. Wahrscheinlich seid ihr auf natürliche Weise hierhergezogen worden und in eurem Leben hat sich alles so entwickelt, dass ihr euch in dieser Schule oder besser gesagt an diesem Ort trefft. Aber natürlich versucht der Teufel, euch zu trennen."

Die Kraft, die uns in der Cafeteria getrennt hat, schießt es Julie durch den Kopf.

Mrs. Wegener erklärt weiter: „Als ich mich mehr und mehr mit dem Thema beschäftigte, beschloss ich, das geheime Ritual des ‚Hexenhammers‘ durchzuführen, und kurz darauf erschienst du, Julie. Als du dich dann gleich am ersten Tag mit den anderen vier angefreundet hast, musste ich nur noch herausfinden, was eure Kräfte zum Vorschein bringt.“

„Deshalb waren Sie so creepy!“, ruft Holly und erntet tadelnde Blicke von ihren Freundinnen.

Mrs. Wegener lacht und antwortet: „Genau. Ich habe gemerkt, dass eure Fähigkeiten eng mit euren Gefühlen verbunden sind, und deshalb habe ich versucht, euch zu provozieren.“

„Das hat gut funktioniert“, bestätigt Julie, die immer mehr Vertrauen zu ihrer Lehrerin fasst.

„Die Kraft, die uns damals bei Julies Sturm in der Cafeteria auseinandergetrieben hat, kam vom Teufel selbst, der nicht wollte, dass wir unsere Kräfte vereinen“, bestätigt Christina Julies vorherigen Gedanken, steht auf und tritt vor die Karte, um sie genauer zu betrachten. Dann sagt sie: „Die fünf Hüterinnen des Pentagramms. Jede von uns beherrscht eine der Kräfte. Julie beherrscht die Luft, Ellie das Wasser, Lea die Erde, Holly das Feuer und ich den Äther – oder die Seele.“ Dann dreht sie sich zu den anderen um, schaut die Mädchen der Reihe nach an und sagt: „Wir sind

die Hüterinnen des Pentagramms! Wir sind die Nachfahren der Nonnen!"

Niemand sagt etwas.

„Um ehrlich zu sein, hatte ich mir nicht viel von den Anweisungen versprochen", fährt Mrs. Wegener fort, „aber ich war verzweifelt, für die Schülerinnen und auch für Mr. Halbrook! Ich dachte mir, wenn es nur Spinnerei ist, dann wird schon nichts passieren, aber ich konnte es nicht unversucht lassen. Als ich es dann umsetzte, gab es plötzlich eine gewaltige Druckwelle. Ich verlor das Bewusstsein. Am nächsten Morgen, als ich zu mir kam, hatte ich das Gefühl, klar zu sehen und zu verstehen, worum es ging. Es war, als hätte das Pentagramm mich auserwählt, alles in die richtige Richtung zu lenken. Ihr seid wie fünf helle Sterne, die die Dunkelheit vertreiben. Es ist eure Bestimmung, den Teufel zu vernichten!"

„Das Pentagramm wollte uns schon lange hier haben", ergänzt Christina. „Es hat uns gerufen."

Mrs. Wegener schaut sie lächelnd an und sagt: „Das glaube ich auch. Ich denke, der Teufel wird immer stärker, je länger er auf Erden wandelt, und mit seinem, ich sage mal, Gehilfen Mr. Halbrook in der Hand kann er seine Macht voll ausspielen. Er fängt für ihn die Seelen ein. Außerdem sitzt er an der Quelle, die ganze Schule ist voller junger Mädchen – junger Seelen!"

Julie überlegt, dann fragt sie: „Das heißt: Finden wir den Hexenturm aus der Legende, dann können wir die entführten Schülerinnen befreien und das Tor zur Unterwelt schließen?"

„In die ihr ihn wieder verdammen müsst! Ich glaube schon!", nickt Mrs. Wegener.

„Ihr wollt mich doch verarschen, oder?", wirft Ellie ein und schaut die anderen ungläubig an. „Wir sollen einen Hexenturm finden, in dem der Teufel wohnt und unsere Mitschülerinnen zu seinem Vergnügen gefangen hält? Dazu sind wir Nachfahren von irgendwelchen Hexen, die als unsittliche Nonnen gelebt haben, und Sie, Mrs. Wegener, wissen das, weil Sie es gegoogelt haben?"

Die Oberstudienrätin lächelt und zuckt mit den Schultern.

„Zugegeben, das klingt alles sehr weit hergeholt, aber – ja, ich glaube, es passt alles zusammen."

„Nein", Holly schüttelt energisch den Kopf, „nein, nein, nein! Da mach ich nicht mit! Ich lasse mich nicht vom Teufel fressen! Und was sollen wir mit Mr. Halbrook machen? Ihn in Stein verwandeln?"

„Mensch, Holly, übertreib doch nicht immer so", sagt Christina, „wenn ich das richtig verstehe, geht es gar nicht um Mr. Halbrook. Es geht nur um die Seelen unserer Mitschülerinnen! Wenn es uns gelingt, sie zu finden und zu befreien, dann können wir das Portal zwischen den Welten schließen. Mr. Halbrook tut das nur, um das Leben seiner Tochter zu retten. Wenn er es nicht tut, dann wird auch der Teufel von diesem

Vertrag zurücktreten und Mr. Halbrooks Tochter wird wieder an Leukämie erkranken."

„Gut, dass wir dich haben, Christina, dass du das alles verstehst", stöhnt Lea.

„Und was ist mit Amanda? Oder den beschädigten Bildern? War das auch alles dieser Teufel?", fragt Ellie.

„Also, das mit den Bildern", druckst Mrs. Wegener herum, „das war ich."

„Sie?", fragt Julie und alle schauen sie ungläubig an.

„Ja", seufzt die Lehrerin. „Ich war mir über eure Fähigkeiten noch nicht sicher und dachte, ich könnte euch provozieren, indem ich euch gegeneinander ausspiele. Ich dachte, wenn ich sie anbrenne, werdet ihr früher oder später Holly verdächtigen und …", sie schaut Holly schuldbewusst an, „du wehrst dich!"

„Toll", sagt Holly beleidigt.

Mrs. Wegener beugt sich vor: „Lasst es mich noch einmal erklären: Mir ist aufgefallen, wie eure individuellen Fähigkeiten stärker werden, wenn ihr emotional werdet. Wie sie dann wie ein Ventil aus euch herausschießen. Alles, was ich getan habe, diente dazu, euch zu helfen, eure Kräfte voll auszuschöpfen."

„Deshalb hatten Sie es auf uns so abgesehen", stellt Ellie fest.

Mrs. Wegener nickt. „Nicht nur das. Ich habe die Augen auf den Porträts mit einem Feuerzeug aus den Porträts gebrannt, um deine Feuerfähigkeit zu verstärken, Holly."

„Dadurch hatte ich sie nicht mehr unter Kontrolle. Ich habe mich aufgeregt, weil ich Angst hatte, dass ich etwas damit zu tun haben könnte, ohne es zu merken.“

„Richtig“, stimmt die Lehrerin zu. „Das hat dazu geführt, dass ihr euch einander offenbart habt.“

„Und dann haben wir angefangen, mit unseren Kräften zu üben, um sie in den Griff zu bekommen“, schmunzelt Lea.

Mrs. Wegener lächelt sie an und nickt. „Jetzt müsst ihr sie vereinen, um die Schülerinnen von Falkirk zu beschützen und die Seelen der bereits Gefangenen zu befreien. Allerdings kann ich Amandas Sturz nicht erklären“, schließt sie ihre Ausführungen ab.

„Wenn der Teufel uns bei dem Sturm in der Cafeteria auseinander treiben wollte ...“, beginnt Christina, doch Elli unterbricht sie und beendet den Gedankengang: „Wir brauchen die Anwesenheit der anderen, um uns gegen ihn wehren zu können, er hat uns auseinandergetrieben.“

„Wir sind durch das Pentagramm miteinander verbunden“, nickt Christina, „gemeinsam können wir die anderen retten. Das Pentagramm hat uns zusammengeführt, damit wir unserer Bestimmung folgen können“. Sie wendet sich an Mrs. Wegener. „Und jetzt sagen Sie uns bitte, warum Sie gerade jetzt zu uns gekommen sind, um uns das alles zu erzählen.“

Mrs. Wegener beugt sich vor: „Ich habe gehört, wie Mr. Halbrook in seinem Büro Selbstgespräche geführt

188

hat. Er faselte etwas vom vierten Streich, dem größten Streich, und der Nacht der Nächte. Kannst du damit etwas anfangen?", fragt Mrs. Wegener und schaut Christina an.

Die holt tief Luft, bevor sie mit ruhiger Stimme spricht: „Halloween. Er muss noch mehr Seelen bringen. Heute Nacht ist die Nacht der Untoten. Heute Nacht öffnet sich das Portal und er muss seinen Vertrag einhalten."

Holly legt Christina eine Hand auf die Schulter und sagt mit einem leichten Grinsen: „Echt cool, deine Fähigkeit."

„Ihr müsst das verhindern!", fleht die Lehrerin.

„Aber wie?", fragt Ellie.

„Indem wir unsere Fähigkeiten gegen das Böse einsetzen", sagt Christina ruhig.

Das Gefühl, dass etwas Dunkles und Unheimliches in den Schatten dieser Halloween-Nacht lauert, lässt ihre Herzen schneller schlagen. Die Freundinnen sehen sich wortlos an und nicken sich einvernehmlich zu. Dann stehen sie auf und halten sich an den Händen. Fünf Freundinnen, die sich nicht nur als Hexen verkleidet haben, sondern es auch wirklich sind. Sie schauen sich schweigend in die Augen und spüren, wie die jeweilige Kraft in ihnen aufsteigt. Plötzlich weht ein Wind durch das kleine Turmzimmer und hüllt die Freundinnen ein. Mrs. Wegener tritt einen Schritt zurück. Innerhalb des Kreises auf dem Boden entsteht ein Pentagramm aus kleinen lodernden Flammen, dessen fünf Spitzen jeweils auf eines der Mädchen zeigen. Wie von Geisterhand erscheinen an den Enden der fünf Zacken Symbole für Feuer, Erde, Luft, Wasser und den Äther des Pentagramms. Plötzlich beginnt es mitten in dem kleinen Turmzimmer leicht zu regnen.

„Die Hüterinnen der Macht sind vereint und wissen, was zu tun ist", flüstert Mrs. Wegener aufgeregt und atmet erleichtert aus.

Die fünf Freundinnen betreten den großen geschmückten Saal des Internats mit erwartungsvollen Augen und einem Kribbeln im Bauch. Mrs. Wegener, die sich ein paar künstliche Engelsflügel umgehängt hat, zwinkert ihnen verstohlen zu, als sie möglichst unbeteiligt an ihnen vorbeigeht und sich zum Lehrpersonal gesellt. Die dichten Vorhänge, die abends normalerweise die großen Fenster bedecken, sind geöffnet und lassen das Licht des Vollmonds herein, das sich mit dem flackernden Discolicht und den Reflektionen der großen Spiegelkugel in der Mitte des Saals vermischt. Der Raum ist in ein schaurig-schönes Ambiente getaucht. Die Wände sind mit riesigen glitzernden Spinnennetzen geschmückt, die von Ecke zu Ecke gespannt sind. Orangefarbene Kürbisse, grinsende Skelette und schwarze Katzen wurden vom Deko-Team aufgestellt und zieren die Tische. In den Ecken des Saals stehen lebensgroße Pappfiguren von Hexen auf Besenstielen, die über den tanzenden Schülerinnen zu schweben scheinen. Überall hängen leuchtende Geister, die sich im sanften Luftzug der Musik zu bewegen scheinen. Der DJ in der Ecke des Raumes spielt laute, pulsierende Musik, die die Stimmung anheizt. Farbige Lichter kreisen über der Tanzfläche und werfen Schatten der aufgekratzten Schülerinnen an die Wände. Nebelmaschinen sorgen für einen mysteriösen Dunst, der den Boden des Saals einhüllt. Die Schülerinnen sind bereits in ihren aufwendigen Halloween-Kostümen versammelt, von blutrünstigen Vampiren über geisterhafte Erscheinungen bis hin zu Mumien. Das Gemurmel der Menge, das Lachen und die aufgeregten Rufe erfüllen den Raum. Die Freundinnen lassen sich von der anziehenden Energie der Party mitreißen und spüren, wie Aufregung in der Luft liegt. Das Event ist bereits in vollem Gange, als sie sich durch die tanzende Menge zur aufgebauten Bar begeben. Die Theke glänzt ebenfalls durch künstliche Spinnennetze, kleine Kürbisse und funkelnde Lichter.

Die Barkeeperin, verkleidet als gruseliger Frankenstein, begrüßt die Mädchen mit einem breiten Lächeln. „Mädels, unsere spezielle Halloween-Bowle für euer Hexentreffen gefällig?", ruft sie fröhlich aus. „Ein Schluck davon, und ihr werdet fühlen, wie die Magie dieser Nacht durch eure Adern fließt."

Lea, Holly, Ellie, Christina und Julie nehmen die

gefüllten Becher an. Der süße Duft von Früchten und frischem Saft steigt in ihre Nasen. Holly zaubert mit einem geheimnisvollen Lächeln einen Flachmann aus ihrer Tasche und fügt jedem Becher ein bisschen Wodka hinzu, bevor sie die schmale Metallflasche geschickt wieder verschwinden lässt.

„Prost, meine Hexen-Schwestern!", ruft Holly fröhlich und hebt ihren Becher. Die anderen, bis auf Christina, stoßen an und probieren die schmackhafte Bowle.

„Wir wissen nicht, wo dieses verflixte Portal ist. Wir wissen nicht einmal, ob diese Theorie stimmt, dass Mr. Halbrook der Gehilfe des Teufels ist. Und wir haben keine Ahnung, wie wir ihn dingfest machen sollen, und ihr römert euch einen hinter die Rüstung? Wir brauchen einen Plan!", mahnt Christina.

„Wie sollen wir einen Plan machen, wenn wir nicht genau wissen, worauf wir überhaupt achten sollen?", wirft Lea ein.

Julie schlägt vor: „Ich denke, wir sollten Mr. Halbrook genau im Auge behalten. Vielleicht führt er uns zu dem Turm mit dem Portal."

„Gute Idee! Wir sind zu fünft, wie soll er uns da entkommen?", motiviert Holly.

Christina sieht traurig zu Boden. „Und wenn er uns zum Portal gebracht hat, soll ich ihn dann zu Tode quatschen?"

Julie nimmt Christinas Hand und sieht sie an.

„Ohne dich wüssten wir nicht, dass wir heute Nacht auf der Hut sein müssen. Dank dir verstehen wir, dass wir ihn heute nicht aus den Augen lassen dürfen und warum wir uns zusammengefunden haben!" Christina lächelt dankbar.

Lea nimmt ihre andere Hand und sagt bestimmt: „Auf in den Kampf, meine Damen. Ich meine: *Hexen*." Die Freundinnen werden durch ein lautes Scheppern hinter der Theke aufgeschreckt.

„Ach herrje, nun sieh sich einer das an!" Entsetzt schlägt sich Ms. Dompton die Hände über dem Kopf zusammen und blickt auf den großen Scherbenhaufen aus zerschlagenem Porzellan vor sich auf dem Boden. Kurz zuvor hat sie, verkleidet als Vampir, das ganze Geschirr auf den Servierwagen geladen und wollte ihn zur Essensausgabe schieben, ist dabei jedoch mit einem Rad an der Kante des Tresens hängen geblieben und der ganze Wagen scheint daraufhin umgekippt zu sein.

„Das ganze schöne Geschirr", jammert sie kopfschüttelnd, während sie sich bückt und anfängt, die Scherben aufzusammeln. Die Mädchen eilen herbei.

Lea sagt seufzend: „Oh man, die ist aber auch schusselig."

Ellie sieht die anderen an, klatscht aufmunternd in die Hände und ruft motivierend: „Na dann, viele Hände, schnelles Ende." Und beginnt, der Köchin beim Aufsammeln der Scherben zu helfen.

„Oh, das ist aber nett von euch“, sagt Ms. Dompton zu den Freundinnen, die nun alle mit anpacken. An Julie gerichtet ruft sie über die Musik hinweg: „Kannst du bitte zum Vorratsgebäude hinübergehen und neues Geschirr holen? Es ist direkt gegenüber der Küchentür auf der anderen Seite des Hofes.“

„Ja, klar“, antwortet Julie und geht in Richtung der Küchentür.

„Nimm den Servierwagen mit, aber pass auf, dass du nirgends hängen bleibst“, ruft Ms. Dompton, immer noch auf den Knien.

„Keine Sorge, ich pass schon auf“, grinst Julie über ihre Schulter hinweg, schnappt sich den sperrigen Servierwagen und manövriert ihn durch die Tür in die kühle Nachtluft. Die Fenster der umliegenden Gebäude sind mit orangefarbenen Kerzen beleuchtet, die einen gespenstischen Schimmer auf die Pflastersteine werfen. Der Mond steht klar am Himmel und sein Licht taucht den Hof zusätzlich in ein mystisches Glühen. Sie schiebt den Servierwagen weiter über den Hof. Als sie das kleine runde Gebäude betritt, wird sie von dem Geruch der staubigen Holzdielen empfangen. Mondlicht dringt durch die kleinen Dachfenster und beleuchtet die zahlreichen Regale an den Wänden. Schatten spielen an den rustikalen Holzbrettern, während Julie den Servierwagen an das Regal schiebt und mit dem Auffüllen des Geschirrs beginnt. Plötzlich gibt eine der Holzdielen unter ihrem Fuß nach und sie bricht durch den Boden. Mit einem lauten Knacken in ihrem Fußgelenk kommt sie auf dem darunterliegenden Fundament auf und stürzt der Länge nach hin.

„Aua!", ruft sie schmerzerfüllt aus und bleibt nach Luft ringend auf dem staubigen Holzboden liegen. Als der schlimmste Schmerz vorüber ist, setzt sie sich auf, zieht ihren Fuß zurück aus dem entstandenen Loch und reibt sich ihren schmerzenden Knöchel. *Glück gehabt, ich bin nur blöd umgeknickt,* denkt sie, als sie ihren Fuß vorsichtig kreisen lässt und spürt, dass sie ihn bewegen kann. Sie zieht ihre Socke herunter, um sich den Knöchel genauer anzusehen. Dabei fällt ihr Blick auf das Loch in der Holzdiele und den darunter befindlichen Betonboden. Sie traut ihren Augen kaum. Mit zitternden Händen kramt sie ihr Handy aus ihrer Gesäßtasche und schaltet die Handylampe an, um in das Loch zu leuchten und besser sehen zu können. *Das glaub ich jetzt nicht!,* denkt sie voller Entsetzen. Der Holzboden des Vorratshäuschens ist ein paar Zentimeter höher als der ursprüngliche Boden darunter. Auf dem Stein, direkt unter dem Loch, erkennt sie das Symbol für Wasser, drei Wassertropfen umgeben von einem Kreis. Sie beugt sich weiter hinunter, um unter die Dielen sehen zu können. Vom Wassersymbol aus sieht sie ein Dreieck unter den Holzdielen verschwinden. Sie leuchtet in die dunkle Ecke. „Kein Dreieck", murmelt sie. „Ein Zacken! Von einem Stern!" Sie richtet sich auf und blickt

nach oben. Das Dach des Raumes ist auf einer einfachen Holzkonstruktion errichtet. „Das ist kein rundes Gebäude", flüstert sie, „das sind die Grundmauern eines Turms." Ihre Augen weiten sich, als sie das gesamte Ausmaß begreift. „Der Turm!", ruft sie aus. *Hier lebten die Hexen, hier befindet sich das Tor zur Unterwelt!*

Hastig richtet sie sich auf. *Das müssen die anderen erfahren,* denkt sie, als sie die Tür zu dem kleinen Gebäude hinter sich schließt und sich das Gebäude von außen ansieht. Es ist das einzige Gebäude in runder Form unter den Nebengebäuden, allerdings nur eingeschossig – nicht hoch genug, um als Turm durchzugehen. *Vielleicht wurde es zurückgebaut, auch darüber könnte etwas in den fehlenden Seiten der Chronik stehen,* denkt sie. Plötzlich überkommt sie ein mulmiges Gefühl, als ob sie beobachtet wird. Sie wirft einen kurzen Blick um sich, kann jedoch niemanden ausmachen. Humpelnd macht sie sich dann auf den Weg zurück über den Hof zur Hintertür der Küche.

Julie reißt die Tür der Küche schwungvoll auf und prallt prompt mit der Köchin zusammen.

„Oh, Entschuldigung", sagt Julie überrascht, „ich habe nicht damit gerechnet, dass Sie hinter der Tür stehen."

„Ich wollte nur schnell sehen, ob du Hilfe mit dem Geschirr benötigst", antwortet Ms. Dompton, rückt sich ihre Brille zurecht und sieht sich um. „Wo hast du es denn?", fragt sie.

„Das Geschirr!", stöhnt Julie und schlägt sich mit der flachen Hand gegen die Stirn. „Das habe ich jetzt glatt im Turm, ich meine, in der Vorratskammer vergessen." Fragend sieht die blass geschminkte Köchin sie an. Ein kleines Rinnsal Kunstblut schlängelt sich aus ihrem Mundwinkel. Julie lächelt und bemüht sich, so unbekümmert wie möglich zu wirken.

Gewohnt freundlich sagt Ms. Dompton: „Na gut. Tu mir bitte den Gefallen und hole es, ja? Ich muss noch die restlichen Scherben aufsammeln und saubermachen. Dann kann ich das Geschirr bei der Essensausgabe einsortieren. Dass mir so ein Unglück passieren muss, ich Schussel."

„Kein Problem, ich hole es", antwortet Julie und rennt zurück zur Vorratskammer. Den Schmerz in ihrem Knöchel bemerkt sie nicht mehr. Dort angekommen kniet sie sich noch einmal vor das Loch im Boden und macht mit ihrem Handy ein Foto von ihrer Entdeckung. *Eigentlich gut, dass ich nochmal zurückmusste. In der Aufregung habe ich ganz vergessen, ein Bild zu machen*, denkt sie. Dann belädt sie den Servierwagen schnell mit neuem Porzellan und manövriert ihn geschickt zurück in die Küche.

Ms. Dompton wischt gerade den Boden. Julie entdeckt ihre Freundinnen auf der anderen Seite der gut gefüllten Tanzfläche.

„Ich danke dir, Julie. Kannst du das Geschirr bitte dort abstellen?", fragt die Köchin und zeigt zur

198

Essensausgabe. Sie beeilt sich und bahnt sich dann hastig den Weg zu ihren Freundinnen.

Als Holly sie erblickt, hebt sie ihren Becher, um ihr zuzuprosten, doch Julie winkt nur ab. „Leute, ich glaube, ich habe den Turm entdeckt!", platzt es aus ihr heraus.

Ellie starrt Julie fassungslos an. „DEN Turm?", fragt sie, ihre Augen weit aufgerissen.

„Ja! Die Vorratskammer! Das muss der ursprüngliche Turm gewesen sein", antwortet Julie aufgeregt.

„In dem unsere Urururomas gelebt haben? Unsere Hexenvorfahren?", fragt Holly ungläubig.

„Ja! Ich bin mit meinem Fuß durch den Dielenboden gebrochen und darunter ist ein Steinboden, in den ein Pentagramm eingeritzt ist." Sie holt atemlos ihr Handy heraus und präsentiert den anderen das aufgenommene Foto. Die Mädchen betrachten es nacheinander.

Dann bricht Lea das Schweigen: „Wir müssen das Mrs. Wegener zeigen. Mr. Halbrook habe ich bisher noch nicht gesehen!" Alle Augen richten sich auf die Lehrer an der Essensausgabe, die in eine lebhafte Unterhaltung vertieft zu sein scheinen. Sie entdecken Mrs. Wegener in der Nähe des DJ-Pults zusammen mit einer Kollegin. Als sie die angespannten Blicke der Mädchen bemerkt, entschuldigt sie sich bei ihrer Gesprächspartnerin und kommt geradewegs auf sie zu.

Bevor sie das Wort ergreifen kann, platzt Holly heraus: „Julie hat den Turm gefunden! Die Vorratskammer ist der Turm!" Sie greift nach Julies Handy und hält es ihr hin.

Ungläubig betrachtet die Lehrerin das Bild. „Das gibt es doch gar nicht. Direkt vor unserer Nase!"

„Julie", Mr. Halbrook steht plötzlich unmittelbar hinter ihnen. Erschrocken drehen sie sich zu ihm um. Julie reißt Holly das Handy aus der Hand und steckt es hastig ein. „Danke, dass du unserer lieben Ms. Dompton so schnell geholfen hast. Es ist schön, zu wissen, dass alle tatkräftig mit anpacken, wenn jemand Hilfe benötigt."

Julie weiß nicht recht, was sie darauf antworten soll, daher sagt sie so freundlich und unbekümmert wie möglich: „Das mache ich gerne. Sie ist immer so nett zu allen."

Er nickt lächelnd. Dann spricht er ruhig weiter: „Du hast aber leider zu wenig Tassen mitgebracht. Darf ich dich bitten, noch ein paar zu holen?"

„Das hat doch sicher bis morgen Zeit, Mr. Halbrook. Lassen wir die Kinder doch erst mal ihren Halloweenball genießen", wirft Mrs. Wegener schnell ein.

Er sieht sie einen Moment regungslos an. Fast erwartet Julie, dass sich seine Augen wieder schwarz verfärben, aber nichts dergleichen passiert. Ihr kommt es wie eine Ewigkeit vor, bis er bestimmt: „Ms. Dompton benötigt die Tassen."

Holly sieht Julie an und sagt: „Ich helfe dir. Zusammen geht es ganz schnell." Sie nimmt ihre Hand und zieht sie fort.

Lea begreift und sagt zu Christina und Ellie: „Kommt, wir gehen mit. Holly hat recht, zusammen geht es ganz schnell und dann wir können weiterfeiern." Sie lächeln die beiden Lehrkräfte gekünstelt an und überqueren gemeinsam die Tanzfläche.

In der kalten Nachtluft atmen sie erleichtert aus. Während sie über den Hof zur Vorratskammer eilen, sagt Holly: „Man, war das gruselig!"

„Aber echt", stimmt Ellie zu, „Mir haben sich richtig die Nackenhaare aufgestellt, als er so plötzlich bei uns stand!" Julie öffnet die quietschende Tür zu der runden Vorratskammer und gemeinsam treten sie hindurch. Im Mondlicht ist das Loch am Boden deutlich zu erkennen. Die Freundinnen beugen sich darüber und sehen es sich nacheinander an.

„Krass", sagt Holly, „das ist tatsächlich der Turm der Türme!"

„Man, Holly, kannst du nicht einmal etwas ernst nehmen?", schimpft Christina. Dann fügt sie hinzu: „Ist schon komisch, sich vorzustellen, dass hier mal unsere Vorfahren gelebt haben."

„DAS findest du komisch?", fragt Julie belustigt.

„Die Tatsache, dass wir hier ein Portal öffnen, Seelen befreien und den Teufel in sein eigenes Fegefeuer verbannen sollen, ist für dich also normal?"

„Vor allem wissen wir ja nicht mal, wie wir das machen sollen", ergänzt Lea.

Die Tür öffnet sich und mit einem knarrenden Geräusch steht Mr. Halbrook im Türrahmen. Ein kalter Windzug zieht durch den Raum, als er mit finsterem Blick die Freundinnen ungewohnt gehässig betrachtet. „Fünf auf einen Streich. Was für ein Glück." Seine tonlose Stimme klingt düster wie ein Knurren aus dem Schattenreich.

Die Mädchen, noch immer kniend auf dem kalten Boden, spüren die Gefahr, die von ihm ausgeht. Julie kann die Dunkelheit in seinen geweiteten Augen erkennen. Es ist, als ob die Finsternis selbst in seinen geweiteten Pupillen gefangen wäre. Ein Schauer läuft ihr über den Rücken, als wäre sie plötzlich in die klirrende Kälte der unheilvollen Halloweennacht eingetaucht. Von der einstigen Nettigkeit und der väterlichen Art des Schuldirektors ist nichts mehr übrig. Seine Haltung wirkt bedrohlich, wie die eines Wesens aus der Hölle. Der Vollmond, der den Hof hinter ihm erhellt, verstärkt den schaurigen Anblick. Die Mädchen erheben sich langsam vom Boden und ein geisterhaftes Flüstern scheint durch den Raum zu ziehen, als sich unheilvolle Konturen im Schein des wenigen Lichts in den dunklen Vorratsregalen zu regen scheinen.

„Wir wissen, dass Sie für das Verschwinden unserer Mitschülerinnen verantwortlich sind“, sagt Christina mit ruhiger, fester Stimme.

Mr. Halbrook tritt aus der Tür und weicht einen kleinen Schritt zurück. Ein böses Lächeln zuckt um seine Mundwinkel.

„So, so. Ihr wisst es also“, antwortet er gelassen, seine Stimme ist tief und geisterhaft monoton.

„Warum tun Sie das?“, fragt Ellie voller Entschlossenheit.

„Weil ich damit das Leben meiner Tochter sichere“, erwidert er und ein eisiger Hauch scheint mit seinen Worten durch die Kammer zu wehen.

„Haben Sie auch etwas mit dem Sturz von Amanda zu tun?“ Christina durchbohrt ihn förmlich mit ihrem Blick.

Mr. Halbrook schnaubt abfällig und sein Atem klingt wie Wind, der durch knorrige Äste pfeift. „Amanda war wie ihr etwas zu neugierig. Sie wäre mir beinahe auf die Schliche gekommen, als ich mich Lucys annahm. Ich musste etwas unternehmen.“

„Warum verletzen? Warum nicht Ihrem Chef übergeben?“, fragt Christina sarkastisch, während sich die Spannung in der Luft verdichtet.

„Weil mein Herr nur reine Seelen gebrauchen kann. Amanda war weit entfernt davon, eine reine Seele zu haben.“ Seine Worte hallen wie ein finsteres Echo durch den runden Raum und lassen die Mädchen erschaudern. In diesem unheilvollen Augenblick scheinen die Geschöpfe der Finsternis selbst um Mr. Halbrook zu tanzen und sein geheimnisvolles Lächeln deutet auf Abgründe hin, die weit über ihre Vorstellungskraft hinausreichen.

Plötzlich regt sich etwas im Mondlicht des Innenhofs hinter dem Schuldirektor.

Als er zur Seite tritt, um einen Blick zurückzuwerfen, erstarren die Mädchen vor Entsetzen, als sie die freundlich dreinblickende Ms. Dompton in der Tür entdecken.

„Na, hier ist aber was los", sagt sie in ihrer gewohnt fröhlichen Art. „Warum dauert es denn so lange, ein paar Tassen zu holen?" Mr. Halbrook tritt zur Seite und die Köchin schiebt sich an ihm vorbei in den Raum. Ihr unerwartetes Erscheinen und ihr fröhliches Wesen stehen im starken Kontrast zur düsteren Stimmung, die die Freundinnen umgibt. Das Licht des Vollmondes fällt durch die spärlichen Fenster auf ihre freundlichen Züge, während sie sich neugierig umsieht.

Mr. Halbrook, der nun außerhalb der Vorratskammer steht und von der nächtlichen Umgebung des Innenhofes eingehüllt wird, kniet langsam nieder und senkt ehrfürchtig den Kopf. Julie hat das Gefühl, dass die Welt stehen bleibt. Nur ihr Unterbewusstsein nimmt die dumpfen Bässe der Halloweenparty im Hauptgebäude wahr.

Mit unterwürfiger Stimme sagt er zu der Köchin:

„Mein Herr, ich bringe diese fünf unschuldigen Seelen und bitte darum, sie anzunehmen."

„Hä?", stößt Holly verblüfft aus.

„Oh nein", flüstert Christina schockiert, als sie die grauenhafte Erkenntnis dieser furchtbaren Wendung begreift. Krachend fällt die Tür der Vorratskammer ins Schloss und schließt Mr. Halbrook aus. Die Köchin steht vor der verschlossenen Tür und blickt die fünf kreidebleichen Freundinnen an. Ihr freundliches Lächeln verzieht sich zu einer sarkastischen Grimasse und die fünf Mädchen begreifen die entsetzliche Offenbarung der vermeintlich guten Seele des Internats.

anisch stürzt Mrs. Wegener über den Hof zum Vorratsgebäude, die feiernden Schülerinnen der Party im Großen Saal hinter sich lassend. Ein schwelender Schwefelgeruch hängt schwer in der Luft. Mr. Halbrook kniet wie ein Häufchen Elend vor der Tür der kleinen runden Kammer. Sein stolzes Auftreten ist wie verweht und in seinen Augen spiegelt sich die Tragödie wider, die er offenkundig entfesselt hat. Wimmernd und immer wieder um Vergebung stammelnd, scheint er von der Wucht seiner eigenen Taten überwältigt. In ihrer Ausweglosigkeit versucht Mrs. Wegener die Tür aufzureißen, doch sie ist fest verschlossen, als ob sie von unsichtbaren Kräften versiegelt worden wäre. Ihre Hände klammern sich an den Türgriff, während sie mit aller Kraft daran zieht, aber die Tür bleibt unbeweglich. Verzweifelt rüttelt sie daran und ihre Augen füllen sich mit Tränen der Frustration, einzelne Federn lösen sich von ihren Engelsflügeln und rieseln sanft zu Boden. Durch die kleinen Fenster kann sie nicht ins Innere blicken. Alles, was sie sieht, ist undurchdringliches Schwarz, die Finsternis verschluckt jeden Blick, als ob die Dunkelheit selbst hinter den Fenstern lauert, und die Ungewissheit über das Schicksal der fünf Mädchen verstärkt ihre ohnehin schon überwältigende Angst.

„Was haben Sie getan?", ruft sie immer wieder, ihre Stimme von Hoffnungslosigkeit durchzogen. „Was haben sie ihnen angetan?" Ihre Worte klingen wie verzweifelte Schreie gegen das Unvermeidliche, während der aufkommende Wind um die Ecken heult und sie langsam die schreckliche Realität begreift. Aussichtslos versucht sie die Tür zu öffnen, doch sie stößt auf Widerstand, als würde die Dunkelheit selbst sich gegen sie verschwören, während Mr. Halbrook, noch immer wimmernd und in sich zusammengesackt, wie eine gebrochene Marionette auf den Pflastersteinen verharrt. Der letzte Funke Hoffnung erlischt in ihren Augen, als sie erkennt, dass er nicht in der Lage ist, das Vorratsgebäude zu öffnen. Panik ergreift sie und mit zittrigen Händen packt sie ihn an den Schultern.

„Mr. Halbrook, bitte!", schreit sie entmutigt, während sie ihn schüttelt. „Öffnen Sie die Tür! Lassen Sie die Mädchen frei!" Doch er reagiert nicht, seine Augen fixieren einen Punkt im Nichts, seine Seele ist gefangen

208

in den Abgründen seiner eigenen Verdorbenheit. Die Ausweglosigkeit der Situation erdrückt sie. In einem Anfall von Verzweiflung und Wut reißt Mrs. Wegener die Engelsflügel von ihrem Rücken. Die zarten Federn schimmern im schwachen Licht der Kerzen in den Fenstern. Mit einem wütenden Aufschrei schlägt sie mehrmals damit auf Mr. Halbrook ein, doch er scheint nichts zu spüren, als wäre er bereits von einer finsteren Macht verschlungen. Bei jedem Schlag lösen sich mehr Federn von den Flügeln, wirbeln durch die Luft wie tröstende Schneeflocken, die jedoch keinen Trost spenden können. Die fröhlichen Klänge der Halloweenparty dringen weiter auf den Innenhof, als würden sie Mrs. Wegeners Verzweiflung verspotten. Schließlich bricht sie vor dem teilnahmslosen Schuldirektor zusammen, ihre Tränen vermischen sich mit den losen Federn auf dem kalten Pflaster. Die Musik der Party scheint in weite Ferne zu rücken, während die Dunkelheit der Burg sie in ihrer Trauer umfängt, ohne das Grauen im Innern des kleinen Gemäuers, das sich dort wie ein schreckliches Schauspiel offenbart, preiszugeben.

m Inneren der Vorratskammer breitet sich vor den fünf Freundinnen das ultimative Grauen aus. Mit Entsetzen verfolgen die Mädchen, wie Ms. Domptons Vampirkostüm plötzlich in lodernden Flammen aufgeht. Die Hitze brennt ihnen auf der Haut und das laute Knistern der Flammen durchdringt die Stille des Raums. Ein unwirkliches flackerndes Licht taucht die Kammer in ein gespenstisches Glühen. Ms. Domptons Gesicht scheint in den Flammen zu schmelzen und an ihr hinunterzutropfen und das, was einst freundliche Züge waren, wird von einer rotglühenden, bösartig dreinblickenden Fratze mit Hörnern ersetzt. Die Augen funkeln wie glühende Kohlen und ein diabolisches Lachen dringt aus dem Inferno hervor, das einst ihre freundliche Erscheinung war. Ihr Körper durchläuft eine groteske Verwandlung. Die gesamte Statur wird größer und mit jeder Sekunde werden ihre Konturen von flammenden Schatten verzerrt. Mit Glut überzogene Muskeln bilden sich aus und die Kleidung wird von den feurigen Strahlen gänzlich verschlungen. Der Raum erfüllt sich mit dem furchterregenden Knacken des Feuers, begleitet von einem unheilvollen Zischen, als die Flammen ihren Körper umschließen. In der gesamten Vorratskammer breitet sich ein bestialischer Schwefelgeruch aus, der die Luft mit einer stechenden Intensität erfüllt. Die Freundinnen stehen starr vor dem grauenerregenden Schauspiel, unfähig, sich von dem furchtbaren Anblick loszureißen.

Als wäre die Hölle persönlich durch die geöffnete Tür getreten und hätte Besitz von der einst vertrauten Gestalt von Ms. Dompton ergriffen, räkelt sich die flammende Erscheinung genüsslich. In einer tiefen, tödlichen Tonlage seufzt sie: „Ach, welch eine Wonne, dieser erbärmlichen Hülle zu entkommen" und kreist lockernd die breiten rotglühenden Schultern.

„Der Teufel", entfährt es Christina entsetzt. Unbewusst greift sie nach ihrem Medaillon. „Ms. Dompton war immer der Teufel!"

„Du hast es erfasst", sagt die Kreatur mit einem hämischen Lachen, das von den runden Wänden der Vorratskammer widerhallt. Die brennende Gestalt blickt die fünf schockierten Freundinnen mit bösartigen Augen an. Trotz der Flammen scheint sich die Temperatur in der Vorratskammer abzusenken und

die grauenhafte Erkenntnis fällt über die Mädchen. „Nun zu euch!"

Plötzlich beginnen die übrigen Dielen des Fußbodens zu glühen, als würde das Feuer der Hölle selbst sich einen Weg durch das Holz bahnen. Ein unheimliches Grollen erfüllt die Luft, während die Dielen langsam zu Asche zerbröseln. Die Regale lösen sich in schwarzen Rauch auf und die Freundinnen weichen auf den äußeren Rand der Kammer zurück, der noch einen Rest Steinboden birgt. Dann legt sich eine gespenstische Stille über die Vorratskammer, als nur der nackte Betonboden übrigbleibt, kalt und unwirtlich. Die Freundinnen blicken auf das in den Boden geritzte Pentagramm, welches sie nun vollständig erkennen können. Die fünf Elemente zieren jeweils eine Sternspitze. Mit wachsendem Entsetzen beobachten sie, wie es anfängt zu glühen, als würde es die Dunkelheit in sich aufsaugen wollen. Dann verschwimmt das geheimnisvolle Symbol und löst sich in flüssiger Lava auf. Der Boden darunter gibt mit ohrenbetäubendem Getöse nach und vor ihren Augen tut sich ein gigantischer brodelnder Abgrund aus gallertartigen Flammen auf. Julie muss husten, der beißende Schwefelgeruch verschlägt ihr den Atem. Die Luft wird dichter, als der stinkende Hauch der Hölle sie umfängt. Die Lava-Glut aus dem offenen Schlund taucht die Grundmauern des Turms in ein blutrotes Glühen. Eine krachende Explosion lässt die Mädchen erschrocken aufblicken. Das Holzdach des Gebäudes ist geborsten und auseinandergerissen. Die Freundinnen springen zurück und pressen sich gegen die Mauer, um nichts von den herabfallenden Balken und dem Schutt abzubekommen. Sie stehen nun vor einem bedrohlichen, von Lava gurgelnden Abgrund. Unerbittlich scheint der nächtliche Vollmond auf sie herab, als wolle er das Spektakel noch zusätzlich ausleuchten.

„Nun, beenden wir diesen Zirkus, damit mein Fegefeuer für die Ewigkeit hell und heiß weiterlodert", sagt der Teufel ruhig. Mit einer kleinen Handbewegung erscheint wie aus dem Nichts ein brennendes Lasso in seiner Hand. Triumphierend schwingt er es in Richtung der Mädchen. Die Flammen des Lassos züngeln gierig nach ihrem Ziel.

Julie presst sich ganz nah an die Wand und realisiert: *Sie ist feucht!* Laut ruft sie: „Ellie! Wasser! In der Wand!" Ellie reagiert blitzschnell. Sie schließt konzentriert die Augen und öffnet die Handflächen. Mit aller Macht ruft sie die Kraft des Wassers herbei. Dann geschieht es: Sie spürt ein Kribbeln in ihren Fingerspitzen, das Kribbeln wird zu einem rauschenden Fluss. Aus der Wand hinter den Mädchen treten abertausende Wassertropfen hervor. In einem Wirbel aus kühlem Nass, das die angesengte Haut der Mädchen sofort beruhigt, verschmelzen die Tropfen zu einem einzigen gigantischen Schwall, den Ellie mit vor Anstrengung zittrigen Armen wie ein Schutzschild vor sich und ihre Freundinnen leitet,

um sie zu verteidigen. Das brennende Lasso nähert sich, doch an der nassen Barriere angekommen, wird es von einem schrillen Zischen begleitet, als die Flammen gegen das schützende Element prallen. Die Luft ist erfüllt von einem bizarren Tanz aus Feuer und Wasser, während sich der Teufel mit einem kalten Grinsen in den Augen über seinen ersten gescheiterten Angriff amüsiert. Das brennende Lasso wird von Ellies Element zurückgewiesen und die Mädchen stehen mit pochenden Herzen da und betrachten das fürchterliche magische Schauspiel.

„Ihr könnt mich nicht besiegen!", schreit der Teufel aus Leibeskräften, seine Stimme donnert durch die Grundmauern des Turms. „Ihr Hexen seid erbärmlich! Ihr habt mir nichts entgegenzusetzen, eure Vorfahren haben mich gerufen!" Mit jeder Silbe scheint die Luft im Turm zu erbeben. Der Teufel, umhüllt von der brennenden Aura der Hölle, strotzt vor Überlegenheit. Er holt erneut aus und dieses Mal schleudert er einen gewaltigen Feuerball gegen Ellies Schutzschild aus Wasser. Die Flammen tanzen wild, umschlingen das schützende Element, doch das Wasser trotzt dem infernalen Angriff. Der Feuerball erlischt laut zischend.

„Ich kann das Schild nicht mehr lange halten!", schreit Ellie gegen den mittlerweile tosenden Sturm aus Feuer und die Lava unter ihren Füßen an, während ihre Hände zittern, die das Wasser in der Schwebe halten.

„Man, tut doch was!", ruft Christina verzweifelt, ihre Augen weit aufgerissen vor Angst, unfähig einen klaren Gedanken zu fassen.

Die Luft ist erfüllt von dem Geruch verbrannten Holzes und dem fahlen Beigeschmack der Hölle. Die höllische Kreatur, von Wut durchdrungen, sieht in den Augen der Mädchen den aufkeimenden Widerstand. In dieser unheilvollen Konfrontation zwischen Himmel und Hölle wissen die fünf Hexen, dass ihr Sieg oder ihre Niederlage über ihr Schicksal und das Schicksal der Welt entscheiden können.

Lea schließt die Augen und die beklemmende Angst raubt ihr beinahe den Atem. In der Dunkelheit der geschlossenen Lider kämpft sie gegen die überwältigende Macht ihrer eigenen Angst. „Konzentrier dich!", fleht sie sich an, während sich die Furcht wie ein eisiger Griff um ihr Herz legt. Plötzlich geht sie in die Knie und senkt den Kopf auf ihre Brust. Ein tröstendes Flüstern umhüllt sie und Christina, Holly und Julie beobachten verblüfft, wie auf Leas Haut plötzlich große schillernde Schuppen erscheinen. Ein Schauer überläuft ihre Wirbelsäule, als ihre Gestalt sich zu verändern beginnt. Ihr Körper wird größer, die Konturen verschwimmen in einer atemberaubenden Transformation. Leas Arme verändern sich und vor den fassungslosen Augen ihrer Hexen-Freundinnen verwandeln sie sich in riesige, mit durchscheinender bläulich schimmernder Haut überzogene Flügel.

216

Die Luft um sie herum vibriert und sie scheint die Dunkelheit in sich aufzunehmen. Die gigantischen Flügel prallen gegen die Wände, die unter dem Druck unheilvoll aufbrechen. Staub rieselt aus dem Gemäuer und mit drei kräftigen Flügelschlägen erhebt sich ein überwältigender, im Nachthimmel schimmernder Drache aus dem Flammenmeer der Grundmauern des Turms, gerade noch rechtzeitig, um die Freundinnen nicht mit dem riesigen Körper zu zermalmen. Die massiven Schuppen reflektieren das feurige Glühen der umliegenden Hölle und lassen das Erscheinungsbild majestätisch und zugleich furchterregend wirken. Die Augen des Drachen leuchten in einem intensiven eisigen Blau, das im Kontrast zu der Hitze und dem satanischen Rot des Teufels steht. Der Drache atmet in gleichmäßigen rauen Stößen, als ob er die Luft selbst von der bösartigen Energie reinigen würde, die die ehemalige Vorratskammer durchdringt. Das durchscheinende Gewebe der Flügel lässt das gespenstische Licht der Flammen hindurchscheinen, während Lea in Drachengestalt über Ellies Wasserschild schwebt. Ein tiefes Grollen entweicht ihrem gewaltigen Maul, das sich, den Blick fest auf den Teufel gerichtet, in einem bedrohlichen Grinsen zu krümmen scheint. Der Schrei des Drachen durchdringt die Nacht und übertönt sogar das donnernde Gelächter des Teufels.

Doch sein Lachen erstirbt, als sich sein loderndes Gesicht zu einer wütenden Fratze verzieht. „Du glaubst, dass du mir in dieser Gestalt etwas anhaben kannst?" Sein dämonisches Antlitz verzieht sich zu einem höhnischen Lächeln, während er eine weitere Handbewegung vollführt.

Mit fürchterlicher Macht schleudert er einen zweiten riesigen Feuerball gegen den großen Drachen. Dieser heult schmerzerfüllt auf und schlägt wild mit den Flügeln, um in der Luft zu bleiben.

Julie beschwört blitzschnell einen Wirbelsturm herauf, der sich unter Leas mächtige Flügel legt und sie erneut in die Lüfte hebt. Die Flammen des Feuerballs züngeln gierig an den Schuppen des Drachen und sein Schmerzensschrei durchschneidet die Nacht wie ein markerschütterndes Echo der Verzweiflung.

„Ellie, du musst ihr helfen, er bringt sie um!", schreit Holly voller Furcht, während sie die grauenhafte Szene beobachtet.

„Ich kann nicht!", ruft Ellie zurück, ihre Stimme von Hilflosigkeit gezeichnet, „dann kann ich uns nicht mehr schützen!"

Erneut trifft Lea ein Feuerball, größer und bedrohlicher als zuvor.

Das höhnische Gelächter des Teufels zerschneidet die Luft.

„Ziert euch nicht so, in meinem Fegefeuer ist es kuschelig warm!"

Holly blickt zu Lea in der faszinierenden Drachengestalt auf und in dessen riesigen schimmernden

Augen erkennt sie den Schmerz, der durch die feurige Prüfung des Teufels eindringt.

Julie ruft verzweifelt: „Ihr müsst etwas tun, ich kann den Sturm nicht mehr lange aufrecht halten."

Plötzlich durchzuckt Holly eine rettende Idee. Sie sieht hinauf zu dem Drachen und ruft: „Lea, auf drei!"

Der Drache versteht ihre Worte. Holly zählt bis drei und mit einer kraftvollen Handbewegung entfesselt sie einen mächtigen Feuerstrahl, der geradewegs auf den in der Luft schwebenden Drachen zusteuert. Lea empfängt den Feuerstrahl, öffnet das Maul und stößt einen tiefen, heftigen Luftstoß aus. Dieser entzündet sich und es entsteht ein gewaltiger Flammenatem. Gemeinsam formen sie einen lodernden Flammensturm, den sie gezielt auf die teuflisch lachende Kreatur herabsausen lassen. Der geballte feurige Atem des Drachen trifft ihn und sein dämonisches Gesicht verzerrt sich ungläubig vor den Mächten, die sich gegen ihn erheben. Wütend schleudert er dem Drachen einen weiteren Feuerball entgegen, der den linken Flügel trifft. Lea heult auf, unterbricht den Feuerstrahl und hat Mühe, sich mit unregelmäßigen Flügelschlägen in der Luft zu halten.

Julie versucht sie mit dem Wirbelsturm in der Luft zu stabilisieren.

„Wir schaffen es nicht!", ruft Holly verzweifelt, als der Teufel sich weiterhin gegen die geballte Macht der Mädchen und des Drachen wehrt.

„Wir versuchen es zusammen!", schreit Julie entschlossen.

Holly blickt zu Lea hinauf und erkennt in den eisblauen Augen des Drachen die Verzweiflung. Ohne Zeit zu verlieren, zählt Holly laut: „Eins, zwei, drei!"

Wieder entfesselt sie einen gewaltigen Feuerstrahl, der zu Lea rauscht. Sie lenkt den Flammenatem erneut auf den lachenden Teufel. Gleichzeitig leitet Julie den gewaltigen Wirbelwind auf den entstandenen Feuerstrahl. Lea nimmt all ihre Kräfte zusammen und hält sich, ohne Julies Hilfe, mit raschen Flügelschlägen hoch in der Luft. Die Flammen nehmen eine unheimliche grüne Färbung an und hüllen den Teufel mit magischen Fesseln ein. Sein grauenhaftes Lachen erstirbt und je mehr er schreit und sich wehrt, desto fester schlingen sich die grünlich flammenden Fesseln um ihn. Sie winden sich um seinen dämonischen Körper, verstricken sich in seinen glühenden Gliedmaßen und hüllen ihn fast vollständig ein. Die grünen Flammen scheinen die Macht des Teufels zu erdrosseln, während ihn der tosende Wirbelwind unerbittlich weiter umgibt.

Ellie setzt all ihre Kraft ein, um das Schutzschild aus Wasser aufrechtzuerhalten und ihre Freundinnen vor der Hitze der Flammen und dem brüllenden heißen Abgrund zu schützen. Die Luft ist erfüllt von den Schreien des Teufels und dem unheilvollen Zischen der grünen Fesseln, die sich immer enger um ihn schlingen.

220

„Das könnt ihr nicht tun!", schreit der Teufel in verzweifelter Abwehr, als der grüne Feuersturm ihn an den Rand seines satanischen Höllenfeuers drängt.

Der brodelnde Abgrund rückt näher, während er gegen die unaufhaltsame Macht der vereinten Hexen ankämpft.

Christina, die bisher nur verzweifelt und ängstlich an die Mauer gepresst dagestanden hat, blickt sich hilfesuchend um.

„Was kann ich nur tun?", flüstert sie zu sich selbst. Panik überkommt sie. Plötzlich richtet sich ihr Blick auf die lodernden Flammen des Abgrunds. Etwas scheint dort in den Flammen umherzuflirren und ihr zuzurufen. „Buchstaben!", ruft sie aus.

Und tatsächlich: Inmitten des höllischen Infernos erscheinen fremde Buchstaben, die wie quirlige Schatten in der Hitze der Lava tanzen. Anfangs wirken sie wie willkürlich durcheinander geworfene Zeichen, doch als sie sich darauf konzentriert, fügen sie sich zu Worten. Langsam liest sie, was sich ihr offenbart, und Christina versteht. Sie fasst neuen Mut. Sie weiß, was zu tun ist, und tritt entschlossen aus der Gruppe hervor, um den zappelnden Teufel mit ihrem erbarmungslosen Blick zu fixieren.

Entsetzen durchfährt den dämonischen Herrscher, als er begreift, was sie im Sinn hat. „Nein, nicht!", schreit er verzweifelt.

Christina, von einer unerschütterlichen Entschlossenheit erfüllt, blickt direkt in seine glühenden Augen. Sie breitet die Arme aus, schließt dann ihre Augen und ihre Worte, laut und deutlich, dringen gegen den Lärm des Abgrunds an: *„Claude in omne tempus, et conserva malum in perpetuum!"*

Der Teufel heult schmerzerfüllt auf, als ob die Worte Christinas einen uralten Schmerz in ihm entfachen würden. Ein lautes Geheul und schrille Schmerzensschreie aus dem Inneren des Abgrunds entweichen den Flammen, die wild aufflackern, als ob die Mächte der Dunkelheit selbst von Christinas Worten erfasst worden wären. Ein gleißender Blitz schießt mit blendender Helligkeit aus der geöffneten Unterwelt empor und durchzuckt den Nachthimmel. Für einen Moment wird das gesamte Schulgelände in ein unnatürliches Licht getaucht, das selbst die dunkelsten Schatten vertreibt. In der nächsten Sekunde stürzt der Blitz zurück in den Boden, reißt den Teufel mit sich und verschließt das Portal mit einem gewaltigen Erdbeben. Ein dumpfer Donnerschlag begleitet das Verschwinden des Bösen und die Erde scheint sich unter dem Turm zu beruhigen. Der Steinboden verschließt den Eingang zur Hölle und mit grünlichem Schimmern erscheint das Pentagramm, das sich mit züngelnden Flammen in den Stein einbrennt.

Erschöpft von der Machtanstrengung sinken Ellie, Holly und Julie zu Boden. Der Drache, der noch kurz

222

zuvor über ihnen schwebte, stürzt mit einem kläglichen Schrei vom Himmel. Christina eilt sofort zu ihm. Langsam beginnen sich die riesigen Flügel zurückzubilden; die schützenden Schuppen verschwinden und aus dem imposanten Drachen wird wieder die vertraute zierliche Gestalt Leas. Ihr Kostüm hängt in verkohlten Stofffetzen an ihr herunter und Christina hält ihre bewusstlose, mit Brandwunden übersäte Freundin in den Armen. Verzweifelt fleht sie sie an, aufzuwachen. Tränen laufen über ihre Wangen, während sie Leas leblosen Körper fest an sich drückt. In einem entmutigten Versuch, Lebenszeichen zu finden, überprüft sie Leas Atmung. Nichts.

„Lea, wach auf“, schluchzt sie leise. „Bitte wach auf!“ Ihre Worte klingen wie ein verzweifelter Appell an das Leben selbst.

Julie, Holly und Ellie treten besorgt näher. Der Schutt und die Trümmer um sie herum erwachen zum Leben, sie formen sich und errichten das vergessene Gemäuer erneut. Das Holzdach spannt sich über dem Raum, während die Regale sich mit magischer Leichtigkeit an die Wände schmiegen und sich erneut befüllen. Doch die Freundinnen, vertieft in ihre Trauer um Lea, bleiben unberührt von diesem mystischen Wiedererwachen des kleinen Vorratsgebäudes. Gemeinsam umringen sie ihre regungslose Freundin, unfähig, die geheimnisvolle Metamorphose um sie herum zu bemerken. In dem Moment, als die Ausweglosigkeit Christina zu übermannen droht, beginnen vor ihren Augen erneut Buchstaben zu tanzen. Ein geheimnisvolles Schimmern umgibt die Worte, die sich zu einem bedeutungsvollen Satz formen.

Sie beugt sich behutsam zu Lea hinab. „*Arripuerit vitam, quod valet vivos*", flüstert sie leise und voller Liebe in ihr Ohr, als würde sie eine uralte Beschwörung murmeln. Stille umgibt die erschöpften und verzweifelten Mädchen und für einen Moment scheint die Zeit stillzustehen. Keines von ihnen denkt jetzt noch an den Kampf, nur Leas Körper, übersät mit Brandwunden, zeugt von dem Schrecken, den sie gerade durchlebt haben.

Langsam beginnt sich in Lea etwas zu regen: Mit einem hörbar tiefen Atemzug schlägt sie die Augen auf. Leben kehrt in ihre blasse Gestalt zurück. Sie schaut Christina an und ihre Augen klären sich. Julie lässt sich erleichtert auf die Knie sinken, während Holly und Ellie vor Freude Tränen vergießen.

„Du hast mir mein Leben gerettet", flüstert Lea benommen, ihre Stimme ist erfüllt von Dankbarkeit und Erstaunen. Die Bedeutung von Christinas Rolle in diesem übernatürlichen Geschehen wird in diesem Augenblick allen klar.

Julie legt sanft ihre Hand auf ihre Schulter und sagt mit ruhiger Stimme: „Ohne dich und deine Kraft existieren unsere Kräfte nicht. Du bist die Seele des Pentagramms."

ulie liegt auf ihrem Bett und betrachtet das vertraute tanzende Lichtspiel, das die Sonne durch ihr Fenster an die Decke zaubert. Die Erinnerung an die unvergessliche Halloweennacht vor einigen Wochen bleibt lebendig und ihre besten Freundinnen und sie sehen die Ereignisse mittlerweile mit einem positiven Blick. Die drei vermissten Schülerinnen, unter denen auch Lucy gewesen ist, wurden in derselben Nacht unversehrt und benommen im alten Gewölbekeller der Schule entdeckt – ohne jegliche Erinnerung an die vergangenen Ereignisse. Ihnen war lediglich bewusst, Teil einer Entführung gewesen zu sein. Ein zaghaftes Klopfen an der Tür reißt Julie aus ihren Gedanken. Lucy steckt ihren Kopf durch den Spalt der Tür und lächelt sie verschmitzt an.

„Na, Hübsche?", begrüßt sie sie, tritt durch die Tür, küsst sie liebevoll auf die Stirn und streicht ihr eine Strähne des mittlerweile schulterlangen Haares zärtlich hinter das Ohr. Julie schmiegt sich in ihre Arme, schließt die Augen und genießt die verliebten Schmetterlinge, die durch ihren Bauch schwirren.

„Oh, Schmusi, Schmusi, Schmusi", neckt Holly, als sie ohne Vorwarnung das Zimmer betritt.

„Normalerweise klopft man an", lacht Julie.

„Selbst schuld, wenn ihr die Tür zum Kuscheln offenlasst", sagt Ellie scherzhaft, als sie hinter Holly eintritt. „Wir sind das Abholkommando!"

„Abholkommando?", fragt Julie neugierig.

„Mrs. Wegener möchte, dass wir zu ihr ins Büro kommen. Sie möchte mit uns sprechen. Amanda ist aus dem Koma aufgewacht!", antwortet Christina, die auch dazugekommen ist, während Holly verstohlen nickt.

Julie versteht sofort, denn sie hatten beschlossen, dass niemand, nicht einmal Lucy, von ihren magischen Fähigkeiten und den wahren Ereignissen dieser außergewöhnlichen Nacht erfahren sollte.

„Was habt ihr mit Amandas Sturz zu tun?", fragt Lucy aufmerksam.

„Gar nichts", antwortet Christina schnell. „Wir haben Mrs. Wegener nur neulich im Flur getroffen und uns nach ihrem Zustand erkundigt. Vielleicht möchte sie uns deswegen auf dem Laufenden halten. Vielleicht denkt sie, wir wären mit ihr befreundet!"

Julie wirft Christina einen bedeutungsvollen Blick zu. Zum Glück akzeptiert Lucy die Ausrede und stellt keine weiteren Fragen.

226

„Nun gut, dann sollten wir wohl gehen", sagt Holly gewohnt fröhlich. „Wir wollen unsere neue Schulrektorin nicht unnötig warten lassen."

Im gemütlichen Büro der Rektorin sitzt Mrs. Wegener hinter ihrem Schreibtisch, umgeben von den fünf Mädchen, die sich gespannt auf den Stühlen vor ihr niedergelassen haben. Julie bemerkt sofort, dass das einstige Foto von Mr. Halbrook und seiner Tochter durch ein Porträt einer pummeligen orangefarbenen Tigerkatze ausgetauscht wurde.

„Habt ihr mit Lea gesprochen?", fragt Mrs. Wegener mit besorgtem Tonfall.

„Ja, sie erholt sich gut von den Verbrennungen. Natürlich wird sie Narben behalten, aber zum Glück hat sich die offizielle Version ihrer Verletzungen schnell verbreitet", erklärt Christina und Julie bemerkt den Stolz in der Stimme. In der Not hat sie sich eine Geschichte ausgedacht, die sie den Sanitätern erzählte, von einem verbotenen Ausflug zur Zigarettenpause und einem unglücklichen Feuerunfall, der Leas Kostüm in Flammen aufgehen ließ. Eine Ausrede, die keinen Zweifel zuließ und die Situation zu ihren Gunsten lenkte.

„Du bist wirklich eine begabte Geschichtenerzählerin", bemerkt Holly mit einem amüsierten Lächeln.

Christina zuckt leicht mit den Schultern. „Man

muss eben kreativ sein, wenn es darauf ankommt. Aber was hat denn nun Amanda gesagt?"

Mrs. Wegener atmet tief ein, bevor sie antwortet: „Sie hat berichtet, wie Mr. Halbrook sie vom Vorsprung gestoßen hat, als sie bemerkte, dass er Lucy verfolgte und ihr nachging."

Die Mädchen sind entsetzt, doch Christina fängt sich schnell wieder und hakt gewohnt sachlich nach: „Trägt ihre Aussage dazu bei, um ihn anzuklagen?"

„Ja, zum Glück reichen die Beweise dadurch aus, er wird nicht nur wegen Kindesentführung angeklagt, sondern durch Amandas belastende Aussage auch wegen versuchten Mordes", bestätigt die neue Rektorin der Schule ruhig.

„Hat jemand Neuigkeiten bezüglich seiner Tochter?", stellt Holly neugierig die Frage, die allen auf der Zunge liegt.

„Ich habe mit ihren Großeltern in Inverness telefoniert. Sie sind natürlich über Mr. Halbrooks Taten schockiert, aber sie haben sich auf den Weg gemacht, um das Mädchen abzuholen und zu sich zu nehmen. Sie wird also behütet in ihrer Familie weiterleben können. Alle weiteren Ermittlungen gegen ihn werden dank Amandas Aussage jetzt recht schnell abgeschlossen werden."

Ein Klopfen an der Tür unterbricht sie und die Mädchen zucken erschrocken zusammen. Die Tür schwingt knarrend auf und ein junger Polizeibeamter betritt zögerlich den Raum.

228

Mrs. Wegener geht auf ihn zu. „Ich nehme an, das sind die Unterlagen, die du mir noch bringen wolltest?“ Sie deutet auf den Ordner in seiner Hand.

„Äh, ja“, stottert er kurz, sammelt sich dann und sagt: „Wir sehen uns später?“ Ein warmes Lächeln umspielt die Lippen der Rektorin, als sie den Ordner entgegennimmt und ihn wortlos zur Tür hinausbegleitet, um sie hinter ihm zu schließen.

„Sie scheinen jemanden kennengelernt zu haben“, neckt Christina mit einem Augenzwinkern.

„Den Polizisten?“, fragt Holly überrascht. „Sie und er? Oh, wie romantisch! Die Rektorin und der Kriminalbeamte!“

Ein leises Kichern entweicht Julies Lippen, während Mrs. Wegener mit einem geheimnisvollen Lächeln sagt: „Eine Schuldirektorin genießt und schweigt.“ Sie entlässt die Mädchen und sie beschließen, da es fast Mittag ist, in die Cafeteria zu gehen und etwas zu essen.

Als sie gemeinsam an ihrem angestammten Tisch sitzen, wirft Holly einen verstohlenen Blick zum neuen Koch, der gerade mürrisch einen großen Löffel voller Kartoffelbrei auf einen Teller klatscht. „Bisschen vermisse ich Ms. Dompton ja schon“, schmunzelt sie.

„Ich nicht“, antwortet Julie lachend. „Mir ist dieser mürrische Kerl tausendmal lieber als ein Bösewicht, der versucht, uns in sein Fegefeuer der Hölle zu reißen.“ Die anderen stimmen ihr lachend zu.

Ellie kramt in ihrer Jackentasche und zieht ein kleines Säckchen hervor. „Ich war gestern in der Stadt und hab' uns was besorgt", sagt sie verschwörerisch.

Neugierig lehnen sich die anderen vor und beobachten, wie sie fünf kleine Armbändchen aus dem kleinen Beutel holt, an denen jeweils ein kleiner goldener Stern befestigt ist. Sie verteilt sie an ihre Freundinnen.

„Ich dachte, die erinnern uns immer und überall daran, dass wir miteinander verbunden sind."

„Sollten es denn nicht Pentagramme statt Sterne sein?"

„Holly, erst mal könntest du dich bedanken!", mahnt Christina. „Die wären viel zu auffällig gewesen, stimmt's? Du wolltest ein subtileres Symbol finden."

Ellie nickt beeindruckt. „Kannst du in unseren Köpfen spazieren gehen?", fragt sie.

„Noch nicht", lacht Christina, „aber vielleicht bald!", zwinkert sie.

Sie streifen sich die Armbänder um und beschließen, Lea am Nachmittag im Krankenhaus zu besuchen, um ihr ihres zu bringen. Julie blickt ihre Freundinnen mit einem stolzen Lächeln an. In dieser denkwürdigen Nacht, als das Böse seine dunklen Klauen ausstreckte, fanden sie sich vereint in einem historischen Kampf gegen die Finsternis. Mit dem Bewusstsein, Nachkommen einer langen und mächtigen Hexenzunft zu sein, ist die anfängliche Freundschaft der fünf Mädchen tiefer Verbundenheit und starkem Zusammenhalt

gewichen. Die Last ihrer Bestimmung mag zwar in Zukunft manchmal schwer auf ihren Schultern liegen, doch die Hüterinnen des Pentagramms zu sein, bedeutet nicht nur, Herausforderungen zu meistern, sondern auch, gemeinsam das Licht in die Finsternis der Welt zu bringen.

Epilog

ulie steht am Fenster des umgebauten Direktorenbüros und lässt ihren Blick durch das behagliche Schlafzimmer schweifen. Das gemütliche Bett, gekrönt von einer Decke mit sanften Blumenmustern, lädt zu erholsamen Nächten ein. Die Kissen sind sorgfältig arrangiert, jedes mit einer eigenen Erinnerung verbunden. Die liebevoll eingerichtete Sitzecke mit bequemen Sesseln umgibt einen niedrigen Tisch, auf dem ein Stapel Bücher liegt – eine Mischung aus Julies Klassikern und Lieblingslektüren. Über dem Kamin, der nun nicht nur als Wärmequelle dient, ist ein moderner Fernseher angebracht. Auf einem antiken Beistelltisch in einer Ecke des Zimmers stehen frische Blumen in einer kleinen Vase.

Sie schließt ihre Lider und lässt die Erinnerungen der letzten 20 Jahre lebhaft vor ihrem inneren Auge abspielen. Die fünf Mädchen, die einst als Schülerinnen an der St. Mary's Boarding School zusammenfanden, sind zu starken, unabhängigen Frauen herangewachsen. Trotz der Herausforderungen des Erwachsenwerdens ist ihre enge Freundschaft stets ungebrochen geblieben.

Partnerschaften kamen und gingen, doch die Bande zwischen ihnen blieben stets konstant. Gemeinsam meisterten sie die Höhen und Tiefen des Lebens. Die Magie der Schulzeit verwandelte sich in eine tiefe, familiäre Freundschaft, die durch alle Lebensphasen hindurch bestand. Vor fünf Jahren schloss die St. Mary's Boarding School ihre Tore und die Burg wurde zum Verkauf angeboten. Ohne zu zögern, erwarben die fünf Freundinnen die Burg und die dazugehörige Halbinsel. Gemeinsam verwandelten sie das ehemalige Internat in ein privat geführtes Hotel – das Five Elements – und gaben dem Gebäude neues Leben. Das ehemalige Vorratsgebäude, welches zu der Zeit ihres Erwerbs nur noch eine Ruine war, rissen sie ab und an dessen Stelle erblüht nun ein prächtiges Blumenbeet, das im Frühling in den verschiedensten Farben leuchtet. Lea widmet sich mit Hingabe der Gartenpflege und erschuf über die Jahre gemeinsam mit Ellie in dem Innenhof einen zauberhaften Ort der Ruhe und Schönheit, während Christina und Julie sich gemeinsam um die Finanzen des Hotels kümmern. Holly hat die Gästebetreuung übernommen, was sie mit ihrer typischen unbeschwerten Hingabe hervorragend meistert.

Ein leises Klopfen reißt Julie aus ihren Gedanken. Sie spürt ein erwartungsvolles Kribbeln, als die Tür schwungvoll geöffnet wird.

Holly betritt das Zimmer mit einem strahlenden Gesicht, das mittlerweile feine Linien der Zeit trägt,

aber ihre Unbeschwertheit ist so erfrischend wie eh und je. „Happy Birthday", ruft sie gutgelaunt und fällt ihr um den Hals.

Ein herzliches Lachen entweicht Julie und sie erwidert: „Happy Birthday auch an dich!"

Holly wirft einen kurzen Blick auf den Innenhof und das üppige Blumenbeet. Dann sieht sie sie an und senkt die Stimme: „Heute Abend ziehen wir raus, ja?"

Julie nickt lächelnd. „Wie immer", sagt sie.

Holly verabschiedet sich mit einem kleinen freundschaftlichen Kuss auf ihre Wange und ist genauso schnell wieder aus dem Zimmer verschwunden, wie sie gekommen war. Julies Herz fühlt sich warm an und sie lächelt. Sie greift nach einer kleinen Schmuckschachtel auf der Fensterbank, öffnet sie behutsam und entnimmt das in die Jahre gekommene Armband mit dem kleinen goldenen Stern, das Ellie ihr und ihren Freundinnen vor so vielen Jahren geschenkt hatte. Julie trägt es nur noch zu besonderen Anlässen, um es nach all den Jahren zu schonen. Heute ist der Geburtstag der fünf, der 30. April, die Walpurgisnacht. In dieser Nacht, unter dem Sternenhimmel, würden sie ihre Verbindung zu den Elementen erneut stärken und die Kraft ihrer vorbestimmten Verbundenheit zelebrieren. Die Burg mag nun ein Hotel sein, aber ihre Magie lebt in den Herzen der fünf Freundinnen weiter. Mit Herzklopfen freut sie sich auf die gemeinsame Nacht der Hexen, die Tradition ihrer Freundschaft, die so viel mehr ist als nur ein Geburtstag. Wie jedes Jahr werden sie gemeinsam durch die Highlands streifen, wie damals schon, als sie Jugendliche waren, um nach Herzenslust ihre Kräfte spielen zu lassen. Eine Bestimmung, die einst nicht nur das Internat, sondern die gesamte Erde von der bösen Macht befreite, die drohte, sich auszubreiten. Denn sie sind die Hexen der Elemente und die Hüterinnen des Pentagramms.

Danksagung

Mein Herz ist voller Dankbarkeit für alle Menschen, die während meiner Schreibphasen Geduld für mich aufbringen. Besonderer Dank geht an:

Marlon – Wir haben das Beste zusammen kreiert, was ich mir hätte vorstellen können: unsere fabelhafte Tochter Joyce. Ohne sie wäre diese Geschichte nie entstanden und ohne euch beide hätte ich nie begonnen zu schreiben. (Und ich bedauere zutiefst, dass ihr so oft auf den Lieferdienst zurückgreifen musstet, weil ich mal wieder die Zeit während des Schreibens vergessen hatte.)

Moni, Marco, Yvette, Patrick, Kiyo, Stephan, Daniela und Gunnar – Danke für eure wunderbaren Töchter! Ohne sie und die Freundschaft zwischen unseren Kindern wäre diese Geschichte niemals entstanden.

Frau Wagner, Frau Dombrowsky und Herr Halbach – Sie sind nicht böse, schusselig, hinterhältig oder verzweifelt, das ist natürlich alles frei erfunden! Danke, dass Sie für meine Figuren so schön Pate*in gestanden haben ... Wenigstens ist eine von Ihnen ganz gut davongekommen! ☺

Jasmin Atzinger – Ein schöneres Cover und aussagekräftigere Charakterkarten, um meiner Geschichte ein Gesicht zu geben, hätte ich mir nicht vorstellen können.

Dara Berbig – Danke für die schöne Zusammenarbeit

und die Verbesserung meiner Geschichte. Du branntest von Anfang an für mein Buch! Mit deiner Hilfe wurde aus dieser guten Geschichte eine großartige!

Charlotte – Ohne deine konstruktive, ehrliche Kritik wäre diese Geschichte nicht so schön geworden, wie sie jetzt ist.

Meinen Eltern – Ihr seid meine größten Fans, I love you!

Mein großer Bruder Stephen – Durch dich habe ich den Einstieg in meinen Traumberuf geschafft, dafür werde ich dir immer unendlich dankbar sein.

Andrea – Für deine jahrelange Freundschaft und deine Tipps zu meinem Influencer-Dasein. ☺

Und, last but not least, danke an alle, die dieses Buch gekauft und gelesen haben. Ohne euch wären das alles nur Buchstaben auf Papier. Ihr macht meine Geschichte lebendig.

Vielen herzlichen Dank!

Über die Autorin

1976 am Rande des Schwarzwaldes als Tochter irischer Eltern geboren, wuchs ich von klein auf zweisprachig auf. Mein beruflicher Weg führte mich vor rund 30 Jahren nach Nordrhein-Westfalen, wo ich am renommierten Institut für Bühnentanz in Köln eine Ausbildung zur klassischen Balletttänzerin absolvierte. In dieser Zeit lernte ich meinen heutigen Mann kennen und gemeinsam wagten wir den Schritt in die Selbstständigkeit.

Unser Leben wurde durch die Geburt unserer bezaubernden Tochter und die Adoption von zwei Hunden aus dem Tierschutz bereichert. Neben meiner Leidenschaft als Kurzgeschichten- und Buchautorin beschäftige ich mich gelegentlich mit der Entwicklung von Drehbüchern und übernehme Auftragsarbeiten für das Verfassen verschiedenster Texte.

Meine kreative Ader und meine Liebe zur Kunst sind ein wesentlicher Bestandteil meiner vielseitigen Persönlichkeit.

Ich lebe und arbeite in Leverkusen.

Bisher von der Autorin erschienen:

„Lucy und der Zeitroboter"
Science-Fiction Abenteuer ab 9 Jahre
ISBN 978-3-7583-5800-5

Instagram: @timebubbles.books
www.timebubbles.de
Mitglied im Selfpublisher-Verband

240